Attendre pour toujours

Dave Kerlson

This is a work of fiction. Similarities to real people, places, or events are entirely coincidental.

ATTENDRE POUR TOUJOURS

First edition. June 14, 2024.

ISBN: 979-8227211170

Written by Dave Kerlson.

Also by Dave Kerlson

Compagnon oublie

Protégé

Te Laisser partie

Chaleur Interdite

Le chaton du viking

Ombres et désir

Le Joker De la Riene

Ne Touchez pas

3 Patrons Robustes et une fille Désemparée

À Court de Loyer

Tentation Dépravée

Beau Cœur

Le Diable

Attendre pour toujours

Au lit Avec l'ennemi

Attendre pour toujours" est un roman captivant sur le milliardaire Logan Mason et sa relation compliquée avec Melissa Foster. L'histoire commence alors que Logan et Melissa dînent dans un restaurant, mais leur moment intime est interrompu par des questions intrusives sur la vie personnelle de Logan, en particulier sur sa relation avec Delilah James, qui porte son enfant. Melissa, blessée par les rumeurs et les scandales, cherche à comprendre le rôle de Logan dans la vie de leur enfant. Logan, luttant contre ses propres insécurités, doit naviguer dans les complexités de la paternité imminente et de la vie sous les projecteurs. L'histoire explore les luttes intérieures de Logan, sa lutte pour équilibrer ses désirs personnels et ses responsabilités envers son enfant, et le défi de maintenir une relation privée dans l'œil public. Le titre "Waiting Forever" capture le conflit intérieur de Logan, la tension entre son désir de stabilité et son mode de vie tumultueux.

CHAPITRE 1

Logan

Le serveur a dû me le demander à deux reprises avant que je me racle la gorge et commande un Perrier. La nourriture, les boissons, le drame avec Delilah – rien de tout cela n'avait d'importance lorsque j'étais assis en face de Melissa.

Mon soumis.

La femme que j'ai laissée entrer dans mon lit... et mon cœur.

Lorsque les yeux bleu vif de Melissa tombèrent sur le menu qu'elle tenait dans ses mains, la langue glissant sur ses lèvres comme si elle pouvait goûter les plats avec une parfaite clarté, le désir s'éveilla en moi. Elle a fait taire tout le reste. Elle était le calme après la tempête.

"Et pour vous, madame ?" » gazouilla le serveur.

Le regard de Melissa se tourna vers moi, un moment de silence s'écoulant entre nous. J'ai haussé un sourcil et elle a emboîté le pas.

« Vous ne commandez pas pour moi, que cela me plaise ou non ? »

Mes lèvres se dessinèrent un sourire narquois qui était juste pour nous. "Faites-moi confiance, la prochaine fois que je donnerai une commande, vous l'aimerez."

Le rouge colora ses joues alors qu'elle lançait le menu en direction de notre serveur. « Moka AA, s'il vous plaît. Et un croissant. » Une fois que la serveuse s'est précipitée pour passer notre commande, les yeux de Melissa se sont plissés. "Arrêtez de me regarder comme si nous n'étions pas dans un restaurant, entourés de gens. Des gens qui s'en soucieront si vous faites ce que vos yeux suggèrent, c'est-à-dire me pencher sur la table."

J'ai attrapé sa main, mes doigts caressant sa peau. J'ai bu le frisson qui résonnait en elle. "Je m'en fiche si nous sommes dans un restaurant ou si nous sommes sur le Golden Gate Bridge. Tu es magnifique et tu es à moi. Si ces deux dernières semaines m'ont appris quelque chose, c'est que je ne peux pas quitter mes yeux. et pour mémoire, j'utilise chaque once de maîtrise de soi pour retenir mon désir de tout balayer de la table..."

Ses yeux s'écarquillèrent en connaissance de cause.

"Je suppose que je n'ai pas besoin de terminer ma réflexion," souris-je.

"Logan!" » siffla-t-elle, les joues s'assombrissant.

Mon Dieu, je l'aimais.

Comment cela a-t-il été possible ? Comment pourrait-elle faire disparaître tout cela, simplement en existant ? Un sourire d'elle et quelque chose en moi croyait que tout irait bien.

Elle enroula paresseusement une mèche blonde autour de son doigt. Pas de la manière timide et timide à laquelle j'étais habituée par d'autres femmes, les yeux vides alors qu'elles essayaient en vain de me convaincre que notre connexion était plus qu'elle ne l'était. Les yeux de Melissa étaient pensifs, prenant tout cela comme si elle était véritablement impressionnée par chaque instant. Elle ne prenait rien pour acquis.

Elle tambourina du bout des doigts sur la nappe en lin blanc, les yeux tournés vers le lustre en cristal au-dessus de sa tête. « L'éclairage, le manque de prix sur le menu, les peintures sur les murs... » Son évaluation s'arrêta alors qu'elle s'éclaircit la gorge, posant ses mains sur ses genoux.

"Quelque chose ne va pas?" J'ai demandé rapidement, prêt à remuer ciel et terre si cela pouvait lui faire plaisir. Promenez-vous directement devant la porte si elle n'est pas satisfaite du café. La porte arrière, car même avec notre table nichée à l'abri des regards indiscrets, je savais que les photographes étaient devant, mourant d'envie d'une photo de nous ensemble. Preuve photographique que j'étais le playboy milliardaire, abandonnant mon enfant au profit de ma dernière conquête.

"Non," répondit-elle, le regard posé sur moi. "C'est juste quand tu as dit 'café', je suppose que j'ai imaginé quelque chose d'un peu moins sophistiqué. Ce qui était stupide parce que tu es... eh bien, tu sais ce que tu es."

J'ai débarrassé mon visage de toute émotion. Je savais où elle voulait en venir, mais je n'ai pas pu m'empêcher de jouer un peu avec elle. "Et quoi, je vous en prie, n'est-ce pas ?"

Ses narines se dilatèrent. "Riche. Très riche."

Le seul mot qui comptait était sale. Mon corps s'en fichait que nous soyons en public, la bite durcie au rock avec des souvenirs d'elle allongée sur mon bureau, son humidité soyeuse enroulée autour de moi pendant que je la prenais.

"Tu penses que tu es habile", dit-elle, tordant ses mèches dorées jusqu'à ce qu'elles débordent sur une épaule.

Un autre mot qui me fit agripper le bras de ma chaise, luttant pour garder mon sang-froid.

Nappe.

Mes pensées devaient être claires comme le jour car elle m'a fait un sourire sage qui serrait sa petite bouche chaude. "Je sais exactement ce que tu fais. C'est la même chose que moi, parler de ce café, pendant que tu me baises du regard, en pensant à ce qui s'est passé dans ton bureau. Nous ignorons tous les deux l'éléphant dans la chambre." Son sourire vacilla. "Dalila."

Ce mot a arraché tout l'air de mes voiles et a insufflé du feu dans mes poumons. La bonne humeur, le faux sentiment de bonheur parce que Melissa était de retour et que tout allait bien dans le monde, se sont transformés en cendres et en fumée.

Je n'étais pas idiot. Dalila était bien plus qu'une chose imminente que j'avais du mal à ignorer. Je ne pouvais pas ignorer le foutu feuilleton que ma vie était devenue. Tout a commencé avec l'appel d'Amanda il y a deux semaines, et depuis, je me dirigeais vers l'enfer.

J'ai à peine eu le temps de reprendre mon souffle lorsque j'ai découvert que Delilah James portait notre enfant - et elle a décidé que la meilleure façon de m'annoncer la nouvelle était de l'annoncer au monde entier. J'avais un peu perdu la tête, j'avais frappé un miroir comme un garçon irritable et j'avais laissé Melissa s'enfuir quand elle m'avait dit ce qu'elle avait sur le cœur. À vrai dire, c'était la même chose qui était dans mon cœur, mais comment pourrais-je dire ces mots, changer mon monde entier, après que Dalila ait largué la bombe selon laquelle j'allais être père ?

Non, Dalila était plus que l'éléphant dans la pièce. Elle était le poison de mon système. Ronger le bonheur que je pensais être enfin le mien. M'enchaîner à elle pour toujours, que j'étais prêt à assumer cette responsabilité ou non. En fin de compte, peu importe les mensonges qu'elle racontait pour vendre des magazines ou obtenir des clics, je ferais partie de la vie de cet enfant. Il ou elle me connaîtrait et ne manquerait de rien.

Melissa regardait, attendant ma réponse. Je m'attends très probablement à une blague. Je n'étais plus d'humeur à plaisanter.

"Qu'est-ce que tu aimerais faire?"

Ses yeux se posèrent sur la table, puis remontèrent lentement pour rencontrer les miens. "J'aimerais savoir ce qui va suivre. Avec Delilah et le... bébé."

Quelque chose dans ma poitrine se serra au regard qui aigrit son visage. Elle pouvait à peine prononcer le mot « b ». Je savais qu'il était injuste de s'attendre à ce qu'elle soit ravie de la situation, qu'elle surcompense en parlant de baby showers et de voyages en famille. Ces choses suffisaient à me faire tourner la tête. Compte tenu de notre romance éclair, n'importe quelle autre femme aurait abandonné le navire. Je ne fuirais pas mon enfant, mais ce n'était pas sa croix à porter. Pourtant Melissa était toujours là. Bon sang, elle s'est échappée du cirque à trois pistes et est revenue pour en savoir plus.

J'ai donc calmé la poussée d'indignation qui m'a envahi et j'ai répondu à sa question.

"Mon peuple est en contact avec son peuple-"

"Vraiment ?" » Melissa la coupa, incrédule. "N'est-ce pas la norme de l'industrie qui s'écarte ? Vous ne pensez pas que vous avez besoin de vous asseoir avec Delilah, en tête-à-tête ?"

"Quelle bonne idée!" M'exclamai-je, poussant le sarcasme à son paroxysme. "Je ne peux pas croire que je n'y ai pas pensé moi-même, étant donné que je connais intimement Delilah James."

Hurt a teint son visage lors de ma fouille. "Je comprends que tu sois stressé, mais si tu veux être un connard, tu peux boire ton eau hors de prix tout seul."

Les excuses n'étaient pas mon truc, même dans les rares cas où j'avais tort. « Je suis désolé » semblait être une faiblesse. Se rendre. Appelez ça de l'ego. Le fait que j'étais entouré de gens trop effrayés pour m'appeler pendant mes conneries n'a probablement pas aidé, car cela pourrait leur coûter leur emploi. Quoi qu'il en soit, il y avait quelque chose de rafraîchissant à ce que quelqu'un me le dise directement.

Melissa Foster recevait une deuxième excuse en moins de vingt-quatre heures. Si ce n'était pas une preuve qu'elle était bonne pour moi, je ne savais pas vraiment ce que c'était.

"Je suis désolé," soupirai-je. "Vous m'avez posé une question raisonnable et je vous ai lancé un reproche."

Elle baissa la tête deux fois en signe de reconnaissance, ses yeux signifiant qu'elle attendait toujours quelque chose. Désolée ou pas, elle ne me laissait pas m'en sortir aussi facilement.

"Delilah sait exactement ce qu'elle fait", ai-je commencé en desserrant ma cravate et en abandonnant mes défenses. Légèrement. "Elle est isolée par des photographes avides de scandale et désireux de dévorer n'importe quel morceau, aussi banal et ennuyeux qu'il soit. Sur chaque photo, elle serre son ventre ou répond à son téléphone avec un regard impatient, en espérant que son amant capricieux soit enfin prêt à prends le relais.

Mes appels sont terminés si je n'accepte pas de la rencontrer dans un endroit public, parce que je sais que ce qu'elle demande vraiment, c'est si un photographe peut prendre nos photos ensemble. Peut-être un couple avec moi l'air contrit, la queue entre les miens. jambes." La frustration et la colère suscitées par la façon dont Delilah se moquait des médias et de moi ont fait surface. "Ce n'est pas un jeu pour moi. Je veux

ce qu'il y a de mieux pour l'enfant. Je ne ferai pas son jeu et je n'aurai pas une autre chose terrible à voir ou à lire sur mon père à mon enfant un jour.

Melissa se pencha légèrement en avant, ses yeux parcourant chaque ligne de mon visage avec une admiration silencieuse. « Vous le pensez vraiment, n'est-ce pas ? Vous voulez ce qu'il y a de mieux pour votre enfant ?

"Bien sûr que je le pense", dis-je avec indignation, puis je me détendis en me rappelant que nous n'avions pas été ensemble depuis des semaines. La dernière fois qu'elle m'a vu, j'avais frappé un miroir. Ce n'est pas exactement le comportement du papa de l'année.

Elle n'était pas là quand je me tournais et me retournais, rêvant de mon petit. Un garçon avec mes yeux. Une fille avec les cheveux roux flamboyants de Delilah. Elle ne savait pas que je me réveillais avec des sueurs froides, honteuse d'avoir souhaité ne jamais rencontrer Delilah pendant une seconde. Que je souhaitais que mon enfant s'en aille.

Cette nuit-là, je m'étais sorti de mon lit et m'étais regardé dans le miroir fragmenté. J'ai regardé l'homme qui me regardait. Un homme dont la vie était motivée par le désir : mon désir de réussir professionnellement à tout prix. Pour ne plus jamais ressentir le vide du manque. Un homme qui régulait sa vie personnelle, construisant des barbelés autour de son cœur pour empêcher quiconque de trop s'approcher.

L'étincelle de vie à Dalila a changé tout cela. Il ne s'agissait plus seulement de moi.

J'avais appelé Amanda à 3 heures du matin pour lui confier la tâche la plus importante de sa carrière : découvrir qui avait fabriqué le meilleur berceau, le meilleur siège d'auto, bon sang, la meilleure tétine, et tout acheter. J'ai ouvert une fiducie et je me suis arrangé pour la remplir avec plus d'argent que ce que mon enfant pourrait dépenser dans sa vie. Et puis j'ai essayé d'appeler Delilah et j'ai réalisé qu'elle utilisait déjà notre enfant comme monnaie d'échange, et qu'elle n'avait pas l'intention de me laisser entrer jusqu'à ce que je me flagelle publiquement.

Mon péché ? Je ne l'aime pas.

L'amour était quelque chose que j'étais incapable de donner à Delilah, mais notre enfant ? J'étais déjà éperdument.

J'ai rassemblé mes pensées, essayant de trouver un moyen de l'expliquer à Melissa. Faites-lui comprendre. "Il semble probablement que j'ai fait un 180 complet-"

"Je comprends." Elle m'a serré la main, les yeux baignés de larmes alors qu'elle la serrait fort. "C'est peut-être parce que j'ai cherché des signes de mon père aussi loin que je me souvienne et j'ai toujours été déçu. Je peux le voir en toi, Logan. Je peux voir à quel point tu aimes ton bébé, et c'est beau."

Toute l'émotion qui s'est accumulée en moi à partir du moment où j'ai réalisé que j'allais devenir père a secoué tout mon être. Je n'avais pas pleuré depuis que j'étais enfant, et l'homme en moi s'est battu bec et ongles pour retenir mes larmes.

"Tout va bien ici ?" Notre serveur avait un timing impeccable, debout à côté de notre table avec nos boissons et un sourire vide.

Je retirai ma main, lui faisant un bref signe de tête. Elle brandit le café au lait de Melissa, puis ma bouteille de Perrier.

"Puis-je ?" dit-elle en faisant signe pour obtenir la permission de le verser pour moi. J'ai hoché la tête une seconde fois, lui faisant un sourire serré. Le bruit de l'eau remplissant le verre dominait le silence, la gêne du moment interrompu se tordant comme les bulles qui dansaient dans le verre.

"Je suis désolé", dit doucement le serveur, le jeune aigu disparaissant presque, "Mais vous êtes Logan Mason, n'est-ce pas ? Le milliardaire qui sort avec Delilah James ?"

"Dédaté," corrigea brusquement Melissa. Elle rougit lorsque le serveur haussa les sourcils avec intérêt. "Désolé."

La femme nous a montré du doigt. "Alors vous êtes ensemble maintenant ?"

Je l'ai regardée avec méfiance. "Je ne suis pas sûr que tout cela te regarde."

"Mes excuses, M. Mason," dit-elle gentiment. "Pourquoi est-ce que je ne vous donne pas encore une minute pour décider ce que vous aimeriez boire ?"

Avant que je puisse lui rappeler qu'elle venait de livrer nos boissons, elle se précipita vers la cuisine.

"Désolé," s'excusa à nouveau Melissa. « Est-ce que vous entendez ça souvent ? Des gens au hasard viennent vous poser un tas de questions ?

"Malheureusement ces jours-ci, oui," soupirai-je. J'ai regardé vers la cuisine, quelque chose me grattant l'esprit. "Les questions ne me dérangent pas, je suis juste habitué à ce qu'elles soient posées par des photographes qui suivent chacun de mes mouvements, pas par un serveur dans un restaurant."

L'inquiétude se reflétait sur le visage de Melissa. "Et que se passera-t-il quand ils découvriront mon existence ?"

"Nous allons nous en occuper", lui ai-je assuré. "Ensemble."

Une serveuse à l'air inquiet s'est approchée de notre table, tirant ses lèvres vers un sourire qui ressemblait plutôt à une grimace. "Je suis vraiment désolé d'avoir mis autant de temps à venir ici. Nous avons été critiqués. Et nous avons eu un problème avec un photographe qui s'est faufilé pour prendre des photos d'un milliardaire." Elle fit une pause, remarquant que nous avions déjà bu un verre. "Qui t'aidait ?"

La mâchoire de Melissa tomba d'incrédulité.

Je secouai la tête, jetant ma serviette sur la table avec dégoût. "Bienvenue au cirque."

CHAPITRE 2

Melissa

Respire.

Respire.

Mon corps semblait heureux d'ignorer complètement mes ordres. Mon cœur rugissait toujours à mes oreilles. Ma respiration était encore rapide et saccadée. Mon cerveau a rejoué le moment où j'ai réalisé que j'étais tellement hors de mon élément : notre vraie serveuse venant à notre table, s'excusant et nous disant qu'elle avait un problème avec un journaliste qui se faufilait dans le restaurant. Réalisant que c'était la journaliste qui prétendait être notre serveuse, apportant nos boissons et posant sournoisement des questions à Logan.

Réalisant que ma vie telle que je la connaissais était terminée.

J'ai serré la ceinture de sécurité comme si c'était ma bouée de sauvetage tandis que la Benz de Logan ronronnait. Le parking était faiblement éclairé, la lueur fluorescente de la lumière clairsemée pénétrant dans la voiture. J'étais content qu'il fasse noir et que son attention soit portée sur nous pour nous diriger vers la sortie et non sur moi. Je ne voulais pas qu'il voie à quel point j'étais secoué.

Même si j'avais réussi à rire et à manger mon croissant sans serrer la main, la vérité me dévorait lentement, morceau par morceau. Je veux dire, c'était un truc de super espion. La femme avait infiltré le restaurant dans le seul but de déterrer des informations sur Logan. Pour me connaître. Que se passerait-il maintenant ? Combien de temps avant qu'ils découvrent mon nom ? Où j'ai travaillé ? Où j'habitais ?

La main de Logan passa du levier de vitesse à ma cuisse et je luttai pour ne pas reculer. Pas parce que je ne voulais pas qu'il me touche. Son contact était la seule chose qui avait du sens. La seule chose qui me paraissait bien. Mais chaque personne que nous croisions me rendait méfiant et inquiet qu'il s'agisse secrètement d'un photographe ou d'un fan fou de Delilah.

"C'est écrasant, hein ?"

Je pensais que je jouais mes cartes près de la poitrine, mais un simple regard sur son visage et je savais qu'il voyait au-delà de ma mascarade.

« Accablant est un euphémisme. » Je me suis forcé à ignorer le sentiment que le monde entier nous regardait, nous jugeait et se concentrait sur nous. J'ai posé ma main sur la sienne, et presque instantanément j'ai arrêté de trembler et un calme s'est installé sur moi. J'ai réalisé quelque chose qui a fait battre mon cœur jusqu'à ma gorge. "Tu savais que je faisais semblant d'aller bien au restaurant et tu ne m'as pas appelé pour ça ?"

Il leva ses doigts et les glissa entre les fissures des miennes. Nous nous tenions juste la main, mais je sentais le désir monter en moi, mon cœur chaud de besoin. Il a transformé quelque chose d'innocent en quelque chose de délicieusement pécheur.

Et puis ses paroles m'ont fait tomber un peu plus fort amoureuse de lui.

"Tu n'avais pas besoin de moi pour énoncer une évidence. Tu avais juste besoin de moi là-bas."

J'ai porté sa main à mes lèvres et je l'ai embrassée, respirant sa peau. Se réjouir de son amour. C'était probablement une sorte d'illusion alimentée par l'amour, mais avec lui à mes côtés, j'ai senti la peur s'atténuer.

Il s'est arrêté chez le gardien du parking et a payé les frais, et le niveau de peur est revenu à l'état d'alerte élevé. Des gens étaient à la sortie des deux côtés de la voiture et pointaient leurs caméras sur nous. Des feux clignotants traversèrent le pare-brise.

Je me suis affalé sur mon siège tandis que Logan quittait le garage, leurs cris me faisant grincer des dents.

« M. Mason ! »

"Logan, qui est la fille ?"

"Par ici!"

Je tournai mon regard vers Logan, prêt à diriger ma colère contre lui puisque la voiture semblait ramper à travers la mer de paparazzi, mais je vis le blanc de ses jointures, l'expression agacée de sa mâchoire. Il n'aurait aucun moyen de tirer dessus, même s'il le voulait. Ils nous ont encerclés, et outre la probabilité qu'il puisse blesser l'un d'entre eux, s'il s'enfuyait, on aurait dit qu'il avait quelque chose à cacher.

Il poussa un soupir de soulagement alors que nous tournions dans la rue, nous fondant dans la circulation animée du centre-ville. "Jésus."

Je me suis repositionné, appuyant ma tête contre le siège en cuir. "Le fait que tu invoques Jésus ne me fait pas me sentir mieux." Je me mordis la lèvre inférieure, essayant de calmer les nausées dans mon estomac. "J'ai besoin de croire que les choses reviendront à la normale."

"La normale est ennuyeuse", a-t-il plaisanté. Comme je ne lui rendais pas son sourire, il devint sérieux. "Veux-tu que je te dise que ça devient plus facile ?"

"Oui!" J'ai hoché la tête avec tant d'enthousiasme que j'en avais mal au cou.

"Ce serait un mensonge." Il poussa un soupir fatigué alors que nous nous arrêtions à un feu rouge. "Quand je voyais Delilah, quelqu'un nous a repérés. Ma photo est apparue sur un blog et à partir de là, je n'ai plus eu d'intimité. Les gens ont pris des photos de moi lors de ma course matinale, quand j'allais prendre un café, en allant au travail. Toute ma vie était soudainement de notoriété publique. Les enfants qui ne voulaient rien avoir à faire avec moi en grandissant sont soudainement devenus mes meilleurs amis, faisant des interviews dans tous les tabloïds des supermarchés.

Quand j'ai mis fin aux choses avec Delilah et que ses fans ont commencé à me critiquer. Je pensais qu'avec le temps, cela s'atténuerait. Mais ce n'est pas le cas. La seule pause que j'ai eue, c'est quand je suis allé à Pleasure Point.

J'ai baissé la tête, sachant que c'était un moment. J'étais une évasion pour lui, et il était une évasion pour moi. Nous fuyions tous les deux quelque chose et nous sommes tombés dans les bras l'un de l'autre. Mais je ne pouvais pas ignorer son aveu que la situation ne s'était pas améliorée. "Je pense que j'aurais dû opter pour le mensonge."

"Viens ici."

Il releva mon menton, ses yeux verts fixant les miens. Il m'a guidé vers lui, ses lèvres alignées sur les miennes, faisant taire tout le reste sauf notre baiser.

Il s'est éloigné trop tôt, remettant la voiture en marche. J'étais immobile, les yeux fermés et m'accrochais à son goût et à la chaleur entre mes jambes. J'étais en feu, je voulais grimper sur lui, le chevaucher jusqu'à ce que nous fondions tous les deux ensemble - et je voulais grimper dans son lit et me fondre dans ses bras, entouré par sa chaleur. Je n'avais jamais été aussi simultanément en désir et en amour avec quelqu'un. Tellement excitée et désespérée.

« Juste pour vous prévenir, il y en aura davantage dans mon immeuble. Si je le pouvais, je les éliminerais de la surface de la Terre », grogna-t-il. "Ils ne peuvent entrer dans le bâtiment que s'ils sont résidents, mais le trottoir est un domaine public." Ses yeux verts m'ont scruté, puis sont revenus vers l'avant, en état d'alerte. "Nous devons juste entrer dans le parking et tout ira bien."

J'ai avalé le nœud qui s'élargissait dans ma gorge. "Je comprends." Les minutes qui s'écoulaient entre ses lèvres sur les miennes et le rappel que ma vie pouvait être bouleversée me faisaient douter d'avoir vraiment compris. Je ne comprenais pas que partir seul en vacances me mettrait sur une trajectoire de collision avec Logan. Que je rencontrerais quelqu'un qui me connaissait si intimement sans jamais me toucher. Un gars qui a vu le vrai moi sous la personne que je prétendais être. Et même si je savais que l'amour avait tout à voir avec la raison pour laquelle je suis revenu après l'avoir exclu, je ne comprenais pas à quel point j'avais été trompé en pensant que tout irait bien une fois que j'aurais vu Logan et que nous avions réglé les choses entre nous.

La circulation était lente, un bâtiment de style gothique se démarquant parmi les grands magasins haut de gamme et les restaurants branchés. La première chose qui m'est venue à l'esprit a été New York, un grand bâtiment où même le béton était moulé en forme de filigranes, chaque centimètre carré étant une œuvre d'art. J'ai regardé par la fenêtre l'auvent noir avec l'adresse en lettres blanches et grasses. Se tenant comme une force immobile se tenait un homme en costume noir, prêt à passer à l'action dès que quelqu'un d'inapproprié tentait d'entrer dans le bâtiment.

Quand j'ai vu la mer de photographes, ma confiance s'est estompée. Comme s'ils pouvaient sentir notre odeur, ils se tournèrent dans notre direction. Les caméras ont explosé comme des bombes alors que Logan tournait à gauche, klaxonnant lorsqu'un groupe d'entre eux entra dans l'allée menant au parking. Je doutais qu'ils puissent voir son regard sanguinaire, mais ils évitèrent sagement son chemin.

Il a traversé l'allée comme une chauve-souris sortie de l'enfer, freinant brusquement lorsque nous nous sommes approchés des tours d'ascenseur. Il restait une seule place à côté, une pancarte scintillant au-dessus du parking.

"M. Mason", ai-je lu à haute voix, en soupirant, ayant enfin le sentiment de pouvoir vraiment me détendre en toute sécurité. « Votre propre place de parking ? »

Le scintillement malicieux de ses yeux fit envahir mon ventre par des papillons. «Je l'espère. Je suis propriétaire du bâtiment.

Mes yeux se sont exorbités et j'ai serré les lèvres pour m'empêcher de poser une question stupide du genre « tout le bâtiment ? ». Sa maison à Pleasure Point était loin d'être une cabane, et je savais qu'il était riche, mais j'avais du mal à comprendre qu'il possédait tout l'endroit.

Même si je suis sorti de la voiture et que je l'ai suivi jusqu'à l'ascenseur, je n'ai pas pu m'empêcher de sentir que j'avais oublié quelque chose de vital derrière moi. Mon esprit. Mon bon sens. Tout cela se passait si vite, me laissant dans une terreur silencieuse, à l'idée que j'étais trop déplacé, trop normal pour exister dans ce monde d'argent et de célébrité.

Et puis il m'a touché. C'était le murmure le plus doux du bout de ses doigts, balayant mon cou, le long de ma colonne vertébrale et s'arrêtant dans le bas de mon dos. Je le regardai, les mots s'évaporant sur ma langue, mais mon corps murmurait de douces paroles sur l'amour et le bonheur pour toujours.

Riche, pauvre, ex-célébrité folle ou pas, cet homme avait une emprise sur moi et je n'ai jamais voulu qu'il me laisse partir.

CHAPITRE 3

Logan

Bon Dieu, elle avait bon goût. Douce, coquine et fougueuse, sa langue s'est précipitée dans ma bouche, le bras enroulé autour de mon cou me rapprochant. J'ai failli lui dire de foutre l'ascenseur et je l'ai poussée contre le mur pour la réclamer dans le garage, mais elle a terminé le baiser avec un sourire narquois. Elle est entrée dans l'ascenseur et j'ai bu ses courbes, sa taille fine et ses hanches rondes.

Elle se tourna vers l'avant, la main sur la taille. "Bien ?"

Je suis intervenu à côté d'elle, la chaleur du désir brûlant dans mes veines, exigeant que j'appuie sur l'arrêt d'urgence et que je me débrouille avec elle. La seule chose qui m'a fait taper le code du penthouse au lieu de lui arracher ses vêtements, c'est le fait qu'elle regardait la caméra perchée dans le coin gauche de l'ascenseur. Hypnotisé par cela.

J'ai repensé à la douleur avec laquelle elle avait serré sa ceinture de sécurité après avoir échappé aux paparazzi. Je mettrais de l'argent sur sa paume gâchée par l'empreinte de ses ongles.

Elle avait peur d'être observée.

La culpabilité a empoisonné mon sang, le sexe était la dernière chose qui me préoccupait lorsque j'ai tiré sur le levier, le frein d'urgence nous arrêtant brusquement.

Elle ferma son trench-coat, ses yeux bleus suspicieux. « Ce n'est pas une chanson d'Aerosmith. Si vous pensez que je suis sur le point de devenir accro...

— Je savais que les pap vous dérangeaient. Qui ne le serait pas si vous ne prospériez pas grâce à l'attention ? Elle me regardait toujours comme si elle s'attendait à ce que je la soumette, alors j'ai pris du recul, lui laissant un peu d'espace. « Il ne s'agit pas de ça. Il s'agit de mon égoïsme.

Elle relâcha son manteau, la mâchoire relâchée. « Votre égoïsme ?

J'ai massé ma tempe, essayant de soulager la céphalée de tension que je sentais grandir, mais cela n'a servi à rien. Quand j'ai regardé son visage plein de questions et d'inquiétude, j'ai réalisé que la douleur n'était pas du tout dans ma tête. C'était dans mon cœur.

Je m'étais habitué à la folie. Les flashs ont capturé chaque instant de ma routine quotidienne et je n'ai jamais cessé de penser à ce que ce serait d'être jeté dans ce monde. C'était du bruit, sauf ma seule prérogative : l'avoir dans ma vie. Melissa n'avait même pas passé une journée dans mon monde et elle gardait déjà sa raison pour sa vie.

«Delilah, le bébé, les caméras et toute la merde qui va avec, c'est sur moi. C'est ma vie. Je n'avais pas le droit de t'y exposer tant que tu n'étais pas prêt.

Elle m'a évalué, ses pensées étant mystérieuses. J'avais l'habitude de la regarder dans les yeux et de savoir exactement ce qu'elle pensait. Avait-elle des doutes sur moi ? Vous vous demandez si elle me connaissait ? Si l'on en croit les gros titres, j'avais une nouvelle petite amie pour chaque jour de la semaine. Sortir avec moi ne ferait que briser le cœur ou pire. Je me fichais de leurs mensonges, mais je me souciais de ce que pensait Melissa. Je voulais qu'elle voie la personne en moi qui avait la capacité d'aimer. La personne qui l'aimait.

"J'ai peut-être sous-estimé ce que ce serait de sortir avec toi, mais je ne suis pas naïf." Sa voix a pris la force qui m'a attiré vers elle lors de notre rencontre. "Je sais que comprendre cela ne sera pas facile, mais je n'ai pas encore reculé devant un défi." Elle s'est penchée autour de moi et a relâché le levier. "Tu le vaux bien, Logan."

Ses mots ont fait monter mon cœur de ma poitrine à ma gorge. Personne ne m'avait jamais dit une chose pareille. En grandissant, ma mère m'a donné l'impression d'être une punition d'un Dieu cruel, preuve que l'homme d'en haut avait un sens de l'humour malade. La famille qui m'a adopté a dit toutes les bonnes choses et a fait le nécessaire, mais je n'ai jamais laissé aucun d'entre eux suffisamment proche pour le croire lorsqu'il a dit qu'il m'aimait. Je ne pouvais pas me résoudre à croire que je le méritais. Mais Melissa l'a dit si simplement, comme s'il s'agissait d'un fait évident et irréfutable. Je savais qu'elle le pensait et je voulais le croire.

Ma gorge se serra, la réaction involontaire de mon corps à la tempête d'émotions qui me submergeait. Ces sentiments ne m'étaient pas tout à fait étrangers. L'excitation bourdonnante, le pincement chaud dans mon ventre m'ont ramené à une autre époque. Une autre femme à qui j'avais dit ces mots.

Rappelez-vous comment cela s'est passé.

Nous avons atteint le niveau du penthouse et j'ai laissé l'obscurité derrière moi, baignant dans la lumière du soleil qui pénétrait dans l'ascenseur.

Les yeux de Melissa s'écarquillèrent de crainte. J'ai évalué sa réaction, m'attendant à moitié à ce qu'elle crie et se précipite dans le couloir comme un enfant à Noël. C'était la réponse habituelle lorsque quelqu'un voyait chez moi pour la première fois. C'est la raison pour laquelle je n'ai épargné aucune dépense. Le hall d'entrée, éclairé par la lucarne, a été rehaussé par les sols en acajou sur mesure. La lumière a brillé sur ma collection de tirages d'art rares et originaux. L'œuvre d'art était derrière une vitre et soigneusement organisée.

Elle s'arrêta devant chacun, étudiant chaque morceau en silence. Sans un mot, elle continua vers la pièce principale, s'arrêtant dans l'entrée. J'ai reflété son sourire lorsque son regard allait et venait, ne sachant pas par où commencer.

"C'est un agencement de studio conceptuel-"

"Studio ?" » renifla-t-elle en haussant un sourcil vers moi.

"Je suppose que c'est légèrement plus grand que le studio traditionnel qui me vient à l'esprit", souris-je.

«De beaucoup», marmonna-t-elle avec un petit rire. Elle a commencé dans le salon.

"Il y a un flux continu." Je l'ai suivie, regardant ses doigts glisser sur le dos du canapé en cuir. J'ai coché la télévision à écran plat de 60 pouces, le système audio Bose ultramoderne et la table unique importée d'Italie. Elle n'y a presque même pas regardé.

Elle tourna son attention vers la salle à manger.

"Tout est fait sur mesure." J'ai tapoté la surface solide et solide. Comme elle ne disait rien, j'ai retiré ma cravate. Une foule difficile.

Elle devait au moins apprécier la véranda qui donnait sur le balcon et la vue inestimable sur la ville. Mais elle passa devant, se glissant sur l'un des tabourets de bar qui bordaient le comptoir en granit. Elle ôta sa veste et la posa sur le siège à côté d'elle.

"Tu as un bel endroit, Logan," dit-elle finalement. "À couper le souffle, même."

"Et tu n'as même pas vu la chambre", plaisantai-je, espérant un sourire. Un regard roulé. Quelque chose. Les côtés de sa bouche se soulevèrent légèrement puis s'abaissaient.

"D'accord." Je l'ai fait pivoter pour qu'elle me fasse face, devenant sérieuse. "Parle moi. Qu'est-ce qui ne va pas?"

Ses yeux brillaient comme du cristal. "Rien. Je veux dire... » Elle poussa un soupir frémissant. «J'ai l'impression d'être dans un film. La vue, comme tout est parfait et unique. Elle m'a laissé en suspens, se mordant la lèvre au lieu de finir sa pensée.

«Parle-moi», répétai-je laconiquement. Lorsqu'elle leva le menton d'un air de défi, je changeai de tactique, étouffant la frustration et essayant la tendresse. "Je suis censé être le plus sombre et mystérieux, tu te souviens?"

Ses yeux pétillaient, ses lèvres s'étiraient en un sourire. "Vrai." Son débat interne se poursuivit encore quelques instants, puis elle se redressa, croisant une jambe sur l'autre. "D'accord. Votre logement est magnifique. Cela est évident. Je peux voir le soin et l'argent investis dans chaque centimètre carré de cet endroit, du sol à la lucarne. Mais rien de tout cela ne donne l'impression d'être à la maison. Je ne vois pas la chaleur qui éclaire une pièce lorsque vous y entrez. Elle sauta du tabouret, les yeux perçants jusqu'aux os. "Ça ne te ressemble tout simplement pas."

Et je pensais qu'elle se réjouirait de mon mobilier ultramoderne. Melissa m'a montré à quel point j'avais été stupide de m'attendre à ce qu'elle soit comme n'importe quelle autre femme que j'avais amenée ici.

"Chaleur? Peu de gens utiliseraient ce mot pour me décrire. J'ai énuméré quelques plus grands succès. "Froid. Vicieux. En train de calculer...

Elle a écrasé ses lèvres contre les miennes. Son goût persista lorsqu'elle recula.

"Alors ils ne te connaissent pas."

Elle l'a dit si simplement. Sans effort.

J'y ai presque cru.

"D'ailleurs, où sont les photos ?" » continua-t-elle, feignant la confusion alors qu'elle cherchait haut et bas. « Est-ce un « studio » ou un musée ?

Je l'ai prise dans mes bras, une idée me venant à l'esprit. J'ai sorti mon portable, faisant apparaître la caméra. J'ai tendu le bras, nous plaçant tous les deux dans le cadre.

Le gars à l'écran était plus heureux que je ne l'ai jamais vu. Elle s'est glissée dans mes bras comme une pièce manquante qui s'est mise en place, comptant les secondes jusqu'à ce que nous fassions en sorte que ce moment dure pour toujours.

"1, 2, 3-"

L'écran changea, le nom de mon assistant clignotant sur l'écran. Mon pouce resta sur le bouton de refus jusqu'à ce que Melissa me donne un coup de coude.

"C'est peut-être une urgence!"

"Alors elle laissera un message." Quand Melissa secoua la tête avec déception, j'acceptai, les yeux roulant vers le plafond. "Oui, Amanda?"

"M. Le maçon!" Sa voix était haletante, comme si elle venait de courir un marathon. "Je-je sais que tu ne voulais pas être dérangé-"

Pourtant, nous y sommes." Melissa m'a lancé un regard noir et j'ai essayé de calmer mon agacement. "Qu'est-ce que c'est?"

"Il s'agit de Dalila."

On y va.

"Elle vous a contacté et souhaite vous rencontrer."

L'espoir a éclaté, mais je n'ai pas sorti le champagne. Il y avait toujours un piège avec Delilah James. "Alors tu me dis qu'elle va s'asseoir avec moi sans les médias ?"

Le visage de Melissa s'éclaira. Je n'ai pas eu le cœur de lui dire de ne pas trop espérer.

"Pas de média, pas de drame", confirma Amanda avec un soupir. "Elle a cependant deux conditions."

"Bien sûr qu'elle le fait," grognai-je en me passant la main dans les cheveux. "Qu'est-ce qu'elle veut?"

"Elle veut se rencontrer dans ton studio et elle veut que Melissa soit là."

La colère m'envahit, détruisant toute la bonne volonté que Delilah avait engrangée en mettant finalement fin à ces conneries. Elle préparait quelque chose. Je pouvais le sentir.

La poitrine haletante, j'ai interrompu un « rester disponible » et j'ai mis fin à l'appel.

Melissa est venue vers moi, posant ses deux mains contre ma poitrine. Elle a attendu que je me calme avant de parler. « Est-ce que votre rencontre avec Dalila n'est pas une bonne nouvelle ? »

"Pas quand elle exige que tu sois là." J'ai passé mes doigts dans les mèches de Melissa, en lui prenant la joue. «Je ne lui fais pas confiance. Et je ne te mettrai pas en danger.

Melissa avait l'air troublée, des nuages roulant dans ses yeux bleus. "Moi non plus, mais je peux prendre soin de moi." Elle était plus grande, sa voix était forte. "Faisons-le."

CHAPITRE 4

Melissa

J'étais presque sûr que Logan était plus nerveux que moi à l'idée de la venue de Delilah. C'était logique à un certain niveau – ils n'avaient pas parlé depuis que Delilah avait rendu publique sa grossesse – mais il me jetait des regards furtifs, comme s'il craignait que je fonde à tout moment.

Il s'arrêta de marcher, les yeux plissés d'inquiétude. "Tu as besoin de plus d'eau?"

J'ai levé mon verre à moitié plein. "Je vais bien. Peut-être que tu devrais prendre un verre ? Quelque chose pour te calmer ?

"Oh, j'adorerais boire un verre", dit-il avec nostalgie. "Mais je suis sûr que la caméra cachée qu'elle aura en remorque détectera l'alcool dans mon haleine. Je ne veux pas ajouter d'huile sur le feu qu'elle a créé. Il agrippa le comptoir. Sa colère était aussi vive et aveuglante qu'un flash d'appareil photo. "Et maintenant, elle veut t'entraîner dans ce pétrin."

Je tendis la main et posai ma main sur la sienne. "Je suis revenu. J'ai choisi d'être avec toi. Cela veut dire que je me suis traîné dans le pétrin.

Mes mots n'ont pas atténué la tension qui pesait sur son visage et son corps. Il était dangereusement sur le point de craquer.

Je lui ai serré la main. "Peut-être qu'elle jouera gentiment."

"Bien", dit-il sarcastiquement. "Parce qu'elle ne fait rien sans arrière-pensée."

« Calculer, tout comme toi, hein ? » Dis-je ostensiblement, haussant les épaules de son air renfrogné. « Les gens se trompent à votre sujet. Peut-être que tu te trompes à son sujet.

Un bourdonnement résonna depuis le hall.

Son visage se figea. J'avais presque pitié de Delilah ou de toute personne ayant eu le malheur de se retrouver nez à nez avec Logan Mason après l'avoir croisé.

Lorsque l'ascenseur s'est finalement ouvert, la nervosité que j'avais gardée à distance m'a envahi. Ma bouche était douloureusement sèche, ma gorge était enflée et mes mains n'arrêtaient pas de trembler. Bien sûr, Delilah et moi nous sommes affrontés à Pleasure Point et je lui ai fait savoir que je n'avais pas peur d'elle, mais les choses étaient différentes maintenant. Elle n'était plus seulement une ex. Elle était la mère de l'enfant de Logan.

Je me suis préparé à ce que la même entité bruyante et odieuse vienne se pavaner comme si elle était propriétaire de l'endroit, mais ce n'était pas la Delilah James qui marchait vers moi.

Elle portait un t-shirt blanc surdimensionné, un jean moulant et des chaussures plates de couleur nude. Ses cheveux roux étaient en grande partie cachés par un foulard à fleurs, des lunettes de soleil cachant ses yeux. Elle les retira de son visage, son autre main se dirigeant vers son ventre.

Sa voix était basse et sombre. "J'apprécie que tu me voies, Logan."

Lui et moi avons échangé un regard, tous deux surpris par la femme devant nous. Il récupéra en douceur, traversant silencieusement le hall en direction de la salle à manger où je me trouvais. J'ai regardé Delilah se dandiner derrière lui comme si elle était sur le point d'éclater à tout moment. J'ai étouffé mes yeux et me suis forcé à sourire. En fin de compte, je préférerais l'actrice à la diva.

"Je sais que nous avons commencé du mauvais pied, mais j'aimerais au moins que nous nous respections." J'ai tendu la main. Une partie de moi s'attendait à ce qu'elle se moque de mon rameau d'olivier. Je me suis préparé à sa juste indignation, me rappelant qu'elle était une actrice primée et que j'étais juste Jane Nobody. Au lieu de cela, elle m'a serré la main, un sourire serré et douloureux s'étirant sur son visage.

«Je veux vraiment que nous recommencions tous à zéro.» Delilah a relâché ma main et lui a caressé le ventre. "Pour ce petit gars ou cette petite fille, je suis prêt à oublier que tu baisais mon petit ami."

Cela n'a pas duré longtemps. C'est bon de savoir que les fous sont bel et bien vivants.

Je n'ai pas dit l'évidence, mais le chat n'avait certainement pas la langue de Logan. "Je n'ai pas de temps pour les bêtises, Delilah."

Elle avait l'air calme, mais la folie était évidente dans ses yeux écarquillés. Et elle souriait toujours. Une chose folle qui aurait poussé le Joker à se mettre à couvert.

"Tout va bien, Logan," dit-elle solennellement. Elle a même mis la main sur son cœur. "Je vous pardonne. Je pardonne même à ta pute.

"Putain?" Est-ce que cela se produisait vraiment ? Pourrait-elle se tromper à ce point ? "Ecoute, j'essaie juste d'être rationnel à propos de tout ça..."

"Bravo!" Elle frappa furieusement dans ses mains avant de se retourner pour faire face à Logan. Il la regardait bouche bée comme si elle était une épave se déroulant au ralenti. «Une salve d'applaudissements pour la salope qui m'a volé. Après tout, elle essaie d'être rationnelle. Très adulte de sa part. Peu importe le fait qu'elle se soit frayée un chemin jusqu'à ton lit... "

" Arrête. Droite. Là." Logan coupa court à la diatribe de Delilah. Sa voix me fit froid dans le dos, l'autorité qu'elle contenait rendait impossible toute désobéissance. Elle devint plus pâle de plusieurs nuances et recula vers l'ascenseur. Les deux mains sur son ventre.

À ce moment-là, je me suis vraiment senti désolé pour elle. Non pas parce qu'elle avait clairement une ou cinq vis desserrées, mais parce qu'elle n'avait jamais vraiment eu Logan du tout. L'avoir, c'était le connaître, et il y avait une véritable peur dans ses yeux, comme si elle pensait qu'il allait la frapper. La blesser. Logan ne ferait jamais une chose pareille. Elle était amoureuse de lui, peut-être même. Comment pouvait-elle l'aimer et ne pas le connaître du tout ?

"Tu as dit que tu voulais parler," dit laconiquement Logan. « Mais il est clair que vous avez toujours l'intention de jouer à des jeux. Cette réunion est terminée.

Elle releva le menton, ses mèches rouges dépassant sauvagement. "Maintenant, attends une seconde..."

"Je parle," dit-il sèchement.

Elle ferma les lèvres, les narines dilatées.

"C'est comme ça que ça va se passer", a proclamé Logan. «Je veux savoir qui est votre obstétricien. S'ils sont jugés inadéquats, nous en trouverons un nouveau. Je vous accompagnerai à vos rendez-vous. Je ferai partie de la vie de notre enfant.

Delilah a crié de joie, exécutant quelques mouvements de sa danse joyeuse. "Bébé, ça va être-"

L'expression de pur dédain sur le visage de Logan la fit taire.

« Ne confondez pas mon désir de m'impliquer dans toutes les questions liées à notre enfant comme un pas vers la réconciliation. Il n'y avait pas de nous. Il n'y a pas de nous. Je ne veux aucun contact avec toi en dehors de notre enfant – "

Delilah haleta. "Mais je..."

"Voici les termes. Vous me tiendrez informé de toutes les informations médicales et des rendez-vous, et le moment venu, nous discuterons de la garde partagée. Sa voix s'assombrit. « Vous vous abstiendrez de parler de moi et de votre grossesse aux médias. Et vous serez cordial et respectueux envers Melissa. Ses yeux brillaient dangereusement. "Si jamais tu l'appelles à nouveau autrement que par son nom..."

"Tu feras quoi ?" Delilah se précipita en avant, les yeux minuscules fendus de fureur, ses mots tout aussi venimeux. « Tu penses que tu peux me menacer ? Aboie-moi des ordres et je vais juste suivre ? Elle m'a regardé. « Vous a-t-il montré son coffre rempli de ses jouets spéciaux, Melissa ? Vous a attaché à son lit et vous a donné une fessée jusqu'à ce que vous hurliez son nom ?

Mon estomac se noua, la brûlure de la jalousie m'étouffant. L'idée qu'il ait toujours été avec elle, qu'elle ait partagé le lit que lui et moi partagions me rendait malade.

"C'est ta soumise," cracha Delilah en jetant son regard vers Logan. "Elle doit t'obéir comme un animal, pas moi." Elle laissa échapper un rire hautain. "Est-ce que tu sais qui je suis?"

"Est-ce que tu sais qui je suis?" Logan a répliqué.

Il y avait un calme terrifiant dans sa voix. Un calme qui fit faire à Dalila deux pas supplémentaires vers la sortie.

"Vous accepterez mes conditions, ou nos futures interactions se feront par l'intermédiaire de nos avocats." Il se dirigea vers le canapé, la laissant sidérée et le visage rouge. "Faites votre choix, Dalila."

Elle m'a regardé, puis lui a jeté un coup d'œil, puis a baissé les yeux vers le sol. "Je pense que tu sais quel est mon choix."

"Dis-le," dit-il brusquement. «Je veux m'assurer que nous sommes sur la même longueur d'onde.»

Lorsque ses lèvres se sont entrouvertes, je m'attendais à ce qu'une série d'obscénités jaillisse. Au lieu de cela, elle murmura deux mots.

"Vous gagnez."

Je secouai tristement la tête. Elle pensait toujours que c'était un jeu ? Ne pouvait-elle pas voir qu'elle était la seule à jouer ?

Elle a entendu tout ce qui figurait sur sa liste. "Pas de presse, je vous tiendrai au courant et impliqué dans tous les rendez-vous pour bébé, et je jouerai gentiment avec votre... Melissa."

Logan la regarda à travers elle. "Bien. Tu peux y aller."

Même à quelques mètres de moi, je pouvais sentir la colère irradier d'elle. Elle voulait raser le bâtiment. Elle voulait nous faire payer. Elle n'a pas donné suite non plus. Elle se tapota le ventre, me lança un dernier « va te faire foutre » silencieux et se dirigea d'un pas lourd vers l'ascenseur.

J'ai attendu qu'il l'ait laissée sur le parking avant de bouger, mon cerveau se précipitant pour rattraper le reste de moi. Je savais que ce n'était que la première vague de la bataille épique visant à mettre le bébé au monde avec le moins de drames possible, mais j'étais optimiste. Il s'enfonça dans le canapé et je me laissai tomber sur le coussin à côté de lui.

"C'est un bon début, Logan."

Il avait un regard lointain, la mâchoire confirmant ses doutes. "Je doute qu'elle aille 48 heures avant de s'adresser aux médias, déplorant que je retienne mes milliards en otage à moins qu'elle ne joue gentiment avec ma maîtresse."

Je me rapprochai, ses mots toujours piquants. « Je suis presque sûr qu'elle utilisera un mot différent. Putain, je crois que c'était le cas ?

Il grimaça. «C'est vraiment une bonne actrice. Je pensais avoir vu quelque chose en elle une fois. Quelque chose de mal compris. La colère s'est lentement transformée en tristesse et en regret. "Je ne pense pas la connaître du tout."

Je pouvais dire que ses mots lui pesaient lourd, même s'il ne l'admettrait jamais. Il était trop fort. Trop têtu. Je me suis donc inspiré de son livre de jeu. « Elle semble avoir votre numéro. Un coffre plein de jouets... Mais je n'ai toujours pas vécu toute l'expérience du lit et du fouet.

Il m'a évalué, son sourire narquois était vraiment mauvais. Le bon genre de problème.

"Je ne pense pas que tu sois prêt pour une fessée. Sans tabou." Il caressa mon genou et traça l'intérieur de ma cuisse, envoyant un frémissement de désir sur moi.

Je le voulais.

J'avais besoin de lui.

Je me suis rapproché, ma voix épaisse comme du sirop. C'était aussi méconnaissable que la femme en moi qui était sur le point de supplier pour la douleur. Pour le plaisir.

"C'est bon. Je te donne le contrôle," dis-je d'une voix rauque, décidant que j'étais à parts égales excitée, curieuse et terrifiée.

Son sourire s'élargit alors qu'il se penchait pour embrasser mon chèque.

"Donner?" Ses lèvres caressèrent ma peau, me faisant trembler pour lui. "Je prends ce que je veux, Melissa. Et maintenant, je te veux.

CHAPITRE 5

Logan

Elle se tenait devant moi. Beau. Des longs cheveux blonds qui pendaient librement jusqu'à sa taille jusqu'à la ligne courbe de ses hanches. Son gros cul qui me demandait la main.

C'était une nouvelle soumise, à moi de la modeler. S'occuper de. Dominer. Je voulais lui faire du mal. Poussez-la dans ses retranchements. Montrez-lui la liberté de l'abandon. Mais j'avais besoin d'un moment pour reprendre mon souffle. La sombre faim en moi voulait juste la pencher sur le canapé et lui donner une fessée jusqu'à ce que ses fesses soient rouges et que son corps frémisse de larmes - parce qu'elle était à moi, j'en faisais ce que je voulais. Douleur, plaisir, j'ai décidé de ce dont elle avait besoin. Mais pour le moment, j'étais encore en train de chasser Delilah de mon esprit. Ma colère me déchira la poitrine. Les barbes s'enfonçaient profondément et jouaient salement.

Je ne toucherais jamais Melissa dans cet espace avec de la colère dans le cœur. Mais une fois que j'avais exorcisé Delilah, tous les paris étaient ouverts.

Melissa était venue préparée, enfilant un t-shirt des Rolling Stones qui la serrait dans ses bras aux bons endroits. Son jean la serrait aussi sexyment que n'importe quel string et porte-jarretelles. Mais je n'ai jamais été une grande fan de lingerie. Il y avait quelque chose de beau chez une femme qui ne portait que ses courbes.

Les yeux de Melissa étaient brillants et écarquillés d'anticipation alors que je me dirigeais vers elle. J'ai passé le bout de mes doigts de haut en bas de ses bras, regardant le désir danser sur son visage.

"Je pense que nous savons tous les deux que tu portes trop de vêtements. Enlève-les."

"Tu ne vas pas l'arnaquer ?" elle a demandé. Pas de manière sarcastique, ni de manière combative.

Elle voulait que je l'arrache.

J'ai fait le tour et me suis tenu derrière elle, sentant la chaleur de son corps. L'envie. J'ai tracé très doucement la longueur de sa colonne vertébrale. Si douce, si gentille, qu'elle m'a regardé par-dessus son épaule, une question dans les yeux. Est-ce que je l'ai touchée ou l'a-t-elle imaginé ? Lorsque ma main s'attarda sur ses fesses, elle retint son souffle, anticipant le coup. En avoir envie.

Ma bite a tremblé avec enthousiasme alors que je laissais échapper un petit rire. "Il y a d'autres façons de te punir, mon amour." Je lui caressai le bas du dos, mes doigts dessinant un cercle lent et taquin. Mon contact était tendre. Ma voix ne l'était pas. "Pourquoi es-tu toujours habillé ?"

Elle se précipita pour se déshabiller, son jean en premier. Dans notre précipitation pour sortir du bureau plus tôt, j'avais oublié qu'elle devenait commando. La vue de son cul nu et la vue délicieuse de sa chatte ont fait bourdonner mon corps d'anticipation. J'avais des projets pour son corps, le moyen idéal pour qu'elle se soumette.

Finalement nue, elle se tourna vers moi, croisant les bras contre sa poitrine. Ses joues étaient roses de nervosité et d'excitation. Elle se lécha les lèvres. "Et maintenant?"

"Suis-moi."

Nous avons quitté la pièce principale en contournant la salle de bain des invités et avons continué dans le couloir en direction de la chambre principale. Elle a haleté dès que nous sommes entrés. Même si j'avais envie de la tirer vers le lit et de lui foutre la cervelle, je lui ai donné un moment pour admirer la vue.

Si le reste de mon studio était défini par l'art, le mobilier et les gadgets haut de gamme, mes locaux d'habitation étaient définis par sa simplicité. Il y avait un simple lit plateforme, une table de nuit et tout un mur de fenêtres s'étendant du sol au plafond. Elle se tenait à la lueur du soleil de l'après-midi, la ligne de la ville de San Francisco serrant son beau corps.

L'instrument parfait m'est venu à l'esprit. Je voulais qu'elle soit étendue et aussi essoufflée qu'elle l'était maintenant, regardant la beauté dehors pendant que je regardais quelque chose d'infiniment plus : sa chatte chaude et humide.

Je me dirigeai vers le lit en ouvrant le tiroir. Le cadre a été construit sur mesure, le stockage supplémentaire adapté à mes besoins. Pour l'œil moyen inconscient, ce n'était qu'un tiroir pour les draps et une couverture. Mais il y avait un faux fond. J'ai trouvé l'encoche qui détachait la feuille de bois et je l'ai soulevée, mes yeux tombant sur toutes sortes de plis. Je me suis concentré sur la petite tige en forme de cylindre avec un crochet circulaire à chaque extrémité. Je l'ai placé, ainsi qu'une paire de menottes, sur le lit. Quand j'ai regardé par la fenêtre, Melissa me regardait, les lèvres légèrement entrouvertes.

"Qu'est-ce que c'est ?"

"Une barre d'écartement", répondis-je doucement. Je l'ai ramassé, le désirant, ayant davantage besoin d'elle à la seconde près, quand j'ai réalisé qu'elle le suivait avec intérêt. C'était le moment idéal pour lui rappeler qui commandait.

"Faire demi-tour."

Ses yeux bleus se plissèrent sur le bar, puis se tournèrent vers moi, toujours ronds de curiosité. Ses lèvres m'ont donné sa soumission. "Oui Monsieur."

Menottes dans une main, barre d'écartement dans l'autre, je me suis avancé sans bruit vers elle. J'ai pris mon temps. Je voulais qu'elle ressente chaque minute, chaque seconde. Je laisse ses sens accroître son excitation. La fraîcheur de l'air tandis que ses doigts glacés caressaient sa peau nue. La précipitation alors qu'elle essayait d'évaluer où j'étais et ce qui allait suivre, son cœur battant dans ses oreilles.

Je m'arrêtai derrière elle, mon propre cœur ravageant ma poitrine, le sang envahissant mes veines, engorgeant ma bite alors que je pressais mon corps contre le sien. Elle laissa échapper le moindre gémissement, un truc profond et vibrant, repoussant ses fesses contre moi. Me taquine. Le besoin en moi voulait simplement déchirer ma braguette et l'enfoncer en elle. Baise-la juste contre la vitre. Je n'ai fait ni l'un ni l'autre - il y avait une beauté dans ce rituel, un plaisir ultime trouvé dans ma domination et sa soumission.

Mon corps grogna alors que je m'éloignais d'elle, calant l'écarteur contre la fenêtre, le brassard dans chaque main.

Il était temps de commencer.

J'ai bu son profil, une vague de fierté me dévorant lorsqu'elle ne m'a pas regardé furtivement. Je savais qu'elle était trempée de curiosité. Mais elle gardait les yeux devant et au centre, comme je l'avais ordonné. Elle avait un besoin en elle, quelque chose qui se trouvait dans un endroit secret qui attendait juste que la bonne personne ouvre la porte et la libère. Attends pour moi.

Je me suis mis à genoux à côté d'elle, ouvrant le premier brassard. "Une barre d'écartement est un type d'équipement de bondage conçu pour garder la soumise ouverte et accessible à son dominant." J'ai verrouillé le brassard autour de sa cheville, puis j'ai fait le tour de son côté gauche, enroulant le deuxième brassard autour de son autre cheville. "Vient d'abord les menottes, puis tu écarteras les jambes pour moi. J'attacherai l'écarteur aux menottes. Tes mouvements seront restreints, ton corps sera à moi et je pourrai en faire ce que je veux."

J'ai remonté mes doigts sur son mollet en me levant. J'ai tracé mon chemin le long de sa cuisse, la main posée sur ses fesses. Elle déglutit difficilement, les muscles de sa gorge tourbillonnant, trahissant ses nerfs.

Être un dominant n'a pas toujours été synonyme de règles strictes et de fessée. Parfois, il s'agit d'anticiper ce dont votre soumis a besoin et de le lui donner. J'ai donc fait taire l'envie de lui donner une fessée et j'ai plutôt déposé un baiser sur son épaule.

Elle expira, ses lèvres se dessinant en un sourire.

"Écarte tes jambes." J'ai inhalé le parfum chaud de son excitation et j'ai attrapé l'espaceur, ma bite aussi dure que le métal dans ma main. Je l'ai positionné entre ses jambes, en utilisant l'encoche pour trouver la longueur appropriée. J'ai attaché les menottes à l'anneau à chaque extrémité et je me suis reculé, émerveillé par elle. Les bras écartés, les mains à ses côtés. J'attends patiemment.

Delilah faisait rapidement un bourdonnement sourd au fond de mon esprit, mon cœur et mon corps se synchronisant avec ce moment que je partageais avec ma Melissa. Rien d'autre n'avait d'importance.

J'ai enlevé ma chemise et ouvert mon pantalon, ma bite se frayant un chemin vers la liberté. J'ai jeté les vêtements de côté. Melissa regardait toujours par la fenêtre, mais j'ai vu les muscles se contracter au niveau de sa tempe, ses orteils se serrer, son corps s'adapter à la position non naturelle et son manque de contrôle.

"Regardez-moi."

Elle tourna la tête, ses yeux aussi magnifiques que le ciel bleu pâle qui m'enveloppait.

Je lui ai caressé la joue, souriant quand ses yeux se sont posés sur ma bite. Elle se lécha les lèvres puis se reprit, les joues rougissant d'un rouge vif.

"Désolé," marmonna-t-elle. Mes yeux tombèrent sur ses lèvres. Enflé, frémissant et légèrement meurtri à cause de toutes les morsures des lèvres.

Il manquait quelque chose.

Techniquement, tu ne m'as pas désobéi. Les yeux sont tournés vers l'avant." Ma voix était basse et épaisse de mes propres désirs. Je lui tournai le dos et retournai au tiroir. J'ai récupéré la pièce manquante. "Je n'ai pas été précis. Permettez-moi d'être très clair maintenant." J'ai fait un pas vers elle. "Je vais te donner envie de crier mon nom avec mes doigts, puis avec ma bite."

Elle essaya de se retourner et chancela, la barre d'écartement la déséquilibrant. "Tu veux crier ?"

"Ce bâillon étouffera la plupart des choses. "Rouge" et "vert" seront discernables." J'ai laissé mes mots pénétrer, n'ayant aucun doute sur le fait qu'elle était prête. En tant que Dominante, c'était mon travail de repousser ses limites, mais je ne lui ferais jamais de mal ni ne lui demanderais quoi que ce soit qu'elle ne puisse pas donner.

J'ai tenu le bâillon, il ne restait plus qu'une question sans réponse. "Es-tu prêt ?"

Elle regarda la balle en caoutchouc, puis releva le menton. "Oui Monsieur." Elle a fait un O parfait avec sa bouche. La balle en caoutchouc était bien ajustée et en place lorsque j'ai bouclé la sangle.

Je ne pouvais plus attendre de la toucher. Sentir son jus recouvrir mes doigts.

J'ai passé mon doigt le long de la couture de ses fesses, ma bite tendue, ayant besoin d'elle quand je sentais à quel point elle était mouillée. Elle était trempée, son corps léchant mon doigt alors que je le plongeais profondément en elle. Elle rejeta la tête en arrière, un long et profond gémissement filtrant à travers les trous du bâillon. Alors que j'enfonçais mon doigt plus profondément, laissant les sons de son corps remplir mes oreilles, remplir mon corps, j'ai augmenté la vitesse, en pompant dedans et dehors.

Ses ongles s'enfonçaient dans ses cuisses, chaque pantalon, chaque frisson ressemblait à sa main sur ma bite. Caressant la hampe, massant mes couilles. Le bruit de son plaisir, le cliquetis du brassard avec la barre d'écartement, son corps mouillé et juteux... Je ne pouvais plus attendre.

J'ai décroché la barre d'un côté en disant au diable l'autre. "Penche-toi," lui ordonnai-je d'une voix rauque. "Mains sur tes chevilles."

Elle obéit, sa chatte prête à être prise. Le rugissement dans mes oreilles était une envie que seule Melissa pouvait satisfaire. Je ne serais pas entier tant que je ne serais pas à l'intérieur d'elle.

J'ai guidé ma bite là où elle appartenait , le monde fondait alors que je me balançais en elle. Nos corps se sont écrasés jusqu'à ce qu'il ne reste plus que le feu de la libération, me propulsant jusqu'à mon apogée.

" Viens avec moi, bébé ", respirai-je profondément, la saisissant. serré, sentant son corps se contracter. Son gémissement fut réprimé, mais c'était un cri d'exaltation à mes oreilles qui correspondait à celui qui me griffait la gorge lorsque je venais.

Les doigts tremblaient, le pouls s'accélérait, j'ai décroché le bâillon-balle et je l'ai lancé. C'était le signe que la scène était terminée et elle se tourna vers moi, laissant tomber sa tête contre ma poitrine. Ses bras s'enroulèrent autour de moi et me serraient fort.

"Je n'ai même pas pensé au mot rouge", murmura-t-elle. vers moi, ses yeux ouverts et remplis d'un amour que je n'aurais jamais pensé trouver. "Qu'est-ce qu'on a ? Je ne veux jamais que ça s'arrête."

CHAPITRE 6

Mélissa

Je ne savais pas combien de temps nous restions enveloppés l'un dans l'autre, mais la ville était presque sombre, les fenêtres des bâtiments qui bordaient la rue scintillaient dans le ciel nocturne. C'était mon bonheur; ses bras autour de moi et son parfum accroché à ma peau. Je n'avais besoin de rien d'autre que ça.

Mon estomac ne voulait pas être d'accord.

Ma faim hurlait dans le silence. Son emprise sur moi se relâcha et je le regardai, légèrement mortifié.

"Wow," dit-il, les yeux écarquillés. "C'était moi ou toi ?"

Je lui ai donné un coup de coude, riant avec quelque chose d'autre qui me consumait entièrement. Cet enjouement, ces picotements dans mon ventre, la façon dont mon cœur s'envolait dans ma poitrine – c'était un tout nouveau monde pour moi. Mon rire s'est atténué alors qu'il tenait mon visage entre ses mains. Je n'ai jamais su que l'amour était quelque chose que je pouvais non seulement ressentir, mais aussi quelque chose que je pouvais atteindre et toucher.

J'ai passé un bras autour de son cou et je l'ai rapproché, mes lèvres pressées contre les siennes. Y avait-il une partie de lui qui n'était pas alléchante ? Même le baiser le plus doux me rendait trempé, le souvenir de lui en moi me faisant me courber dans l'étreinte.

Au diable la nourriture.

J'étais prêt pour le deuxième tour.

Il attrapa la main qui serpentait vers sa queue. Il déposa un baiser dans ma paume, les yeux brûlants de passion. "Tu veux plus ?"

"Oh oui."

Il ferma ma main, un sourire taquinant ses lèvres. "La nourriture d'abord, petit sous-marin."

J'ai fait la moue, mais je l'ai laissé s'éloigner. Principalement parce que la vue du derrière ciselé de cet homme était une chose terriblement chaude à voir.

"Qu'aimerais tu faire ?" il a appelé depuis le couloir. "Je peux faire quelques courses, mais je crois que j'ai de quoi faire des sandwichs. Ou je peux commander sur place."

J'ai enfilé mon t-shirt et j'ai sauté après lui tandis que la culotte arrivait ensuite. "Je n'ai pas envie de faire quoi que ce soit en particulier. Les sandwichs sont bons."

Je suis entré dans la zone principale, dévorant sa poitrine musclée alors qu'il remplissait un verre d'eau. Il porta le verre à ses lèvres et je sentis un battement entre mes cuisses. Il jeta un coup d'œil dans ma direction, un sourcil haussé. J'ai baissé la tête en me donnant des coups de pied. Il était comme le Chuchoteur Soumis. Il savait à quoi je pensais avant même que je puisse y penser. Et je disais juste 'J'ai faim, mais la seule chose que je veux dans ta cuisine, c'est toi.'

Il a rempli une deuxième tasse d'eau puis me l'a apportée. C'était difficile de saisir le verre alors que la seule chose à laquelle je pouvais penser était à quel point je voulais le serrer, mais j'y suis parvenu. J'ai bu de l'eau, essayant en vain d'éteindre le désir qui courait en moi comme un animal sauvage et sauvage.

J'ai tracé le contour en évitant tout contact visuel. "Je suis désolé."

Comme il ne donnait pas suite, je tournai mon regard vers le sien. Il avait le même air inquisiteur que lors de notre première rencontre. J'essaie de déchiffrer mon code.

« Pourquoi vous excusez-vous ? »

"Je sais que nous ne sommes pas dans la chambre, donc les trucs de Dom et de soumis ne s'appliquent pas, mais je..." Je n'ai pas fini, réalisant que le nœud au creux de mon estomac n'était pas la faim. C'était la peur. J'avais déjà ressenti ça auparavant. J'essayais d'être sexy pour Jason, je lui disais à quel point je le désirais, et je l'ai rencontré en me repoussant. Me disant que tout ne devait pas nécessairement revenir au sexe. Et j'étais là, à peine capable de penser à autre chose que Logan me baisant par-dessus le comptoir.

"Ce que nous avons, je sais que c'est nouveau et frais et que tout se passe si vite, mais je veux que tu saches que ce n'est pas que du sexe pour moi. Juste parce que je ne peux pas te quitter des yeux, je ne le fais pas. je veux que tu penses que c'est tout ce que je suis." Je me gratte les ongles, ne voulant pas qu'il voie la douleur qui remonte à la surface. "Je ne suis pas qu'une nympho folle de sexe."

"Melissa, j'aime chaque partie de toi. La partie têtue, la partie sensuelle, la partie qui met tout le reste en pause pour prendre un moment pour apprécier la vue dans la chambre."

J'ai croisé son regard juste à temps pour qu'une larme stupide s'échappe de mes yeux et coule sur ma joue. Je l'ai balayé avec colère, levant la main pour l'empêcher de venir à mon secours. "Je vais bien. Vraiment."

"Euh hein." Sa voix était basse, mais le sarcasme était fort et clair. Il attendit quelques minutes, sans dire un mot, jusqu'à ce qu'il soupire et se tourne vers le réfrigérateur. Il a sorti de la viande et du fromage. "Mayo ? Moutarde ?"

"Juste de la mayonnaise," répondis-je doucement. Je n'étais toujours pas prêt à répondre à la vraie question. Si je lui disais ce qui se passait, je devrais admettre que je ramassais encore les morceaux brisés que Jason a laissés. Si je pensais que les larmes ruineraient l'éclat après le sexe, mentionner mon ex le tuerait mort. J'ai poussé le comptoir, lui lançant un sourire qui lui manqua parce qu'il était concentré sur l'ouverture du pain. Ses yeux étaient plissés et pensifs, comme s'il désamorçait une bombe.

"Besoin d'un coup de main?" Dis-je en forçant un peu de joie dans ma voix.

Il m'a passé le pain et a pris deux assiettes. "Je sais que je n'ai pas fait ça depuis un moment, donc je pourrais être un peu rouillé." Il posa les assiettes côte à côte. "Ce que nous avons, c'est une relation plutôt qu'un arrangement. Mais ce n'est pas toujours du sexe torride et des câlins si ma mémoire est bonne. La partie relationnelle signifie que nous parlons de ce qui est difficile et inconfortable. Nous sommes censés être là l'un pour l'autre."

J'ai laissé tomber deux morceaux de pain dans une assiette. "Je sais."

Il posa les deux mains sur le comptoir, mettant les sandwichs en veilleuse. "Et si je commençais ? J'ai bâti mon entreprise à partir de rien. Nous étions à peine visibles sur le radar, et maintenant nous sommes une société multimilliardaire. Avec toute cette merde avec Delilah, le conseil d'administration me fait pression pour que je prenne une décision. vacances prolongées. »

Mon cœur allait vers lui. "Je suis désolé, bébé." J'ai travaillé dans le marketing : l'image était tout. Si vous aviez recherché Mason Acquisitions sur Google il y a quelques mois, vous auriez obtenu un résultat totalement différent de celui d'aujourd'hui.

Il m'a fait un sourire triste et s'est retourné vers le pot de mayonnaise, enfonçant son couteau dans le récipient et en plaçant la mayonnaise sur le morceau de pain. "J'essaie juste de tirer le meilleur parti de la main qui m'a été distribuée. Contrôler les dégâts."

"Je comprends." J'ai disposé les pains côte à côte et j'ai reculé. "Je sais que tout ce drame avec Delilah te rappelle probablement pourquoi tu ne t'embrouilles pas avec quelqu'un—"

"Je suis contente d'être mêlée à toi."

Comme si je pouvais tomber amoureuse de ce type encore plus fort, il passa ses doigts dans mes cheveux et embrassa le bout de mon nez, nos fronts se touchant pendant qu'il me caressait la joue. "Tu es la seule chose qui me maintient ensemble en ce moment."

Je ne savais pas si c'était ses yeux ou sa proximité, mais les mots sortaient de ma bouche.

"J'ai pensé à Jason."

Logan recula comme si j'allais lui cracher dessus. "Quoi?"

"Oh non!" Dis-je, réalisant que cette phrase à elle seule sonnait vraiment mal. "Ce n'est pas comme ça. Moi et Jason ? Nous avons fini. Point final. Mais il est toujours là. Caché sous la surface." J'avais besoin de faire quelque chose avec mes mains, alors j'ai commencé à empiler la viande sur le pain. "Je me suis tellement habituée à avoir l'impression que le sexe et le désir étaient une routine. Pas aussi important que l'amour. Le sexe était juste quelque chose que nous faisions. Et que je le veuille tout le temps, que je veuille qu'il soit agressif et me prenne, utilise mon corps pour son plaisir - c'était le péché ultime. J'ai fermé le sandwich, souhaitant pouvoir clôturer ce chapitre de ma vie. J'aurais aimé que ce soit aussi simple. "Être avec toi... J'aime chaque minute. Je ne veux juste pas tout gâcher." Mes narines se dilatèrent, une pensée terrible me traversa l'esprit. "Je viens de te récupérer,

Il m'a ramené à ma place, la tête contre sa poitrine. Je me détendis dans ses bras, me rappelant que ce que nous avions était différent. Ce n'était pas Jason. L'amour avec Logan n'était pas noir ou blanc. Tout ou rien.

L'amour avec Logan était la liberté.

"Tout homme qui vous a déjà fait ressentir quelque chose d'incroyable est fou."

Il a serré mes cheveux et je me suis cambré vers lui, nos lèvres se heurtant. Il n'y avait pas de pause pour respirer, pas d'autre souci que de découvrir combien de baisers il faudrait pour faire disparaître le monde.

Son portable tinta sur le canapé et il arrêta l'assaut, me donnant un dernier bisou avant de se diriger vers son téléphone. Sentant le souffle qui m'envahissait, il me lança un sourire par-dessus son épaule. "Normalement, je ne répondrais pas, mais je joue amicalement avec Delilah. Cela pourrait être à propos du bébé." Il le ramassa, fronçant les sourcils devant l'écran. "Ce n'est pas moi. Ça doit être toi."

Moi?" Dis-je en faisant la grimace alors que je le rejoignais dans le salon, glissant mon sac à main. J'ai fouillé dans la poche latérale dans laquelle je gardais mon téléphone. Un mot de trois lettres a fait battre mon cœur dans ma poitrine.

'Papa.'

Nous n'avions pas parlé depuis l'explosion au bureau. Non pas que je m'attendais à ce qu'il s'approche de moi. Je connaissais mon père. Il attendait son heure, me faisant remettre en question et mijotant ma colère jusqu'à ce que ce soit un trou noir à l'intérieur de moi. Ensuite, je me retrouverais avec de la culpabilité et des remords, et je finirais par m'excuser. L'ensemble du chant et de la danse prenait généralement des semaines, pas des jours. Et c'était une première. Il m'appelait.

Je l'ai accepté, un sourire caché derrière mes lèvres. Peut-être que l'explosion au bureau était ce dont nous avions besoin. Peut-être commençait-il enfin à comprendre que j'avais besoin d'un père, pas d'un patron.

"Bonjour papa!"

"Melissa, peux-tu me dire pourquoi nos lignes téléphoniques sont saturées d'appels de la presse ? Quelque chose à propos du vol du petit ami d'une actrice ?"

Le sourire s'est désintégré. "Laisse-moi t'expliquer..."

"Oh, ça devrait être bien." Sa voix était brusque. Insensible et insensible, comme d'habitude. "Dans quoi t'es-tu embarqué ?"

CHAPITRE 7

Logan

« Tu fais toujours la moue ?

Je connaissais la réponse. Si je pouvais faire ce que je voulais, nous serions au lit. Ces grands yeux bleus se demanderaient quelle chose coquine j'avais en réserve. Ses longs cheveux blonds seraient comme une auréole sauvage ; le soleil ruisselait d'or, tout comme sa peau. Au lieu de cela, nous étions sur la route juste à l'extérieur de Sacramento.

De la façon dont Melissa s'était complètement fermée la nuit dernière, j'avais le sentiment que son père avait lancé une sorte d'ultimatum, lui ordonnant de rentrer chez elle le plus tôt possible. Elle avait à peine dit un mot le reste de la nuit. Elle n'a pris que quelques bouchées de son sandwich avant de se retirer dans la chambre.

Elle n'était pas obligée de prononcer ces mots, mais je savais qu'elle avait besoin d'espace, alors j'ai reculé et je me suis occupé de mes affaires. J'ai vérifié les rapports sur les bénéfices, observé les investissements potentiels. Quand je suis retourné dans la chambre où elle se tournait et se retournait, le visage tordu par une lutte à laquelle elle ne pouvait échapper dans ses rêves, j'ai reporté mes réunions au lendemain. Je me suis glissé dans le lit à côté d'elle et je l'ai tenue dans mes bras. J'ai essayé de chérir les moments. La façon dont elle s'est penchée sur moi comme si elle ne pouvait pas en avoir assez de mon contact. Je savais qu'elle ne serait pas contente de moi le matin quand je lui ai dit qu'une voiture nous emmènerait à Sacramento pour qu'elle puisse régler les problèmes avec son père.

Après avoir passé la majeure partie de la matinée à me dire qu'elle ne voulait pas le voir, puis à céder légèrement et à me dire qu'elle le verrait, mais seule, elle avait finalement complètement admis. Elle m'a prévenu que je verrais de mes propres yeux à quel point elle et son père étaient comme de l'huile et de l'eau.

À part un « non » quand je lui ai demandé si elle voulait s'arrêter pour prendre un café et un « peu importe » quand je lui ai acheté un moka qu'elle a bu à contrecœur, nous avons très peu parlé. Mais à mesure que les kilomètres entre nous et notre destination finale diminuaient, elle a commencé à s'agiter.

"Je peux demander à Mike de s'arrêter pour que tu puisses te dégourdir les jambes si tu le souhaites."

"C'est à une heure et quarante-cinq minutes de route, Logan," rétorqua-t-elle. "Pas un road trip à travers le pays."

Le Dom en moi ne voulait rien de plus que d'amener le chauffeur à enrouler la cloison et à lui donner une fessée pour avoir parlé, mais je l'ai gardé sous clé. Le fait était que je n'avais aucune idée des détails de sa relation avec son père, hormis la tension évidente. Elle avait parfaitement le droit de gérer le stress de le voir comme bon lui semblait.

J'étais tellement habitué à prendre les choses en main, tellement désireux de réparer quelque chose puisque les choses dans ma vie étaient en désordre, que je ne considérais pas que je dépassais mes limites.

Trop tard pour y retourner maintenant. Il faut juste en tirer le meilleur parti.

Je m'appuyai contre le siège en cuir, disant quelque chose que j'aurais dû dire avant de nous lancer dans ce road trip. "Parle-moi de ton père."

Elle m'a lancé un regard flétri, ses lèvres tirées en un air renfrogné. "Nous y sommes presque. Vous saurez tout sur lui bien assez tôt."

"C'est un homme d'affaires, je saurai ce qu'il veut que je sache sur lui," répliquai-je sèchement. Lorsqu'elle a attiré son attention sur la fenêtre avec colère, j'ai calmé mon humeur. Je l'avais presque jetée par-dessus mon épaule. Son père lui avait ordonné de rentrer chez elle, puis je lui ai ordonné de m'accompagner pour mettre de l'ordre dans tout ce désordre. Nous lui avons tous les deux fait des demandes et lui avons forcé la main. En fin de compte, peu importe si je pensais faire la bonne chose.

Et ce n'était pas un acte totalement altruiste de ma part. Je voulais rencontrer cet homme, lui montrer que je n'étais pas le connard des tabloïds dont on parle partout sur les blogs et les magazines. Je voulais qu'il voie que j'aimais sa fille. Mais dans ma hâte de faire mes preuves, j'ai mis les besoins de Melissa au second plan. C'était une erreur que je mourais d'envie de corriger.

Je voulais la connaître, la faire aller dans un endroit inconfortable. Je ne pouvais pas lui demander ça et ne pas faire de même. "Je n'ai jamais rencontré mon père. Ma mère en parlait bien sûr, mais rien de tout cela n'était bon." J'ai pris une bouteille d'Evian, souhaitant plutôt que ce soit une bouteille de vodka. Plonger dans mon passé était plus qu'inconfortable – c'était dangereusement proche de l'insupportable.

Faire référence à la femme qui m'a donné naissance en tant que mère après ce qu'elle a fait me semblait faux. J'ai donné aux Bryson, la famille qui m'a adoptée, le moins de mon cœur possible, mais si une femme méritait d'être appelée « mère », c'était bien Rose Bryson. C'est elle qui me mettait des sacs de glace sur les poings après une bagarre, celle qui me préparait des biscuits fraîchement sortis du four pour me porter chance avant un examen.

Au fond de moi, je me suis toujours demandé si je manquais à mon père. J'aurais dû le détester – ma mère a semé les graines à partir du moment où j'avais imprudemment demandé où il était. Mais il y avait toujours une pointe de curiosité qui ne s'épuisait jamais. Je me demandais ce que ce serait si mon père n'avait jamais fait ce qu'il faisait et si ma mère était normale. Mais Melissa était la preuve que la normalité n'existait pas. Tout le monde transportait les morceaux de palissades blanches brisées.

Nous nous sommes rapprochés du centre-ville. Les trottoirs et les modestes devantures de magasins côtoyaient les nouvelles constructions. Downtown Sac était en train de faire peau neuve.

Melissa connaissait probablement le chemin à partir d'ici comme sa poche, mais son attention était ailleurs. Ses yeux se concentraient sur chaque réverbère, chaque boîte aux lettres, chaque panneau. Je lui avais imposé des retrouvailles – je ne la forcerais pas à parler tant qu'elle ne serait pas prête.

Le conducteur s'est dirigé vers le trottoir. Je n'eus pas besoin de mettre à rude épreuve mes muscles de détective pour comprendre que le petit groupe de personnes rassemblées près de l'entrée était des paparazzi. Melissa m'a finalement regardé. Il n'y avait ni colère, ni combat dans son regard, juste de la lassitude.

"Ramène-moi à la maison", dit-elle catégoriquement.

Je lui ai fait un signe de tête et elle s'est penchée en avant pour donner l'adresse au chauffeur. Lorsqu'elle s'est assise, elle a avancé ses doigts sur la pointe des pieds jusqu'à ce qu'ils effleurent les miens. Son autre main agrippa son téléphone et tapa un message avec son pouce.

Une fois que nous étions en mouvement, le soulagement se répandit sur son visage, arrondissant ses épaules, relâchant la tension dans son corps jusqu'à ce que ses doigts s'enchaînent entre les miens et qu'elle me serre la main.

"Ce sera le troisième coup", dit-elle doucement. "Je doute qu'il vienne me rencontrer."

"'Trois coups ?"

Elle a énuméré ses infractions une à une. "Le premier faisait quelque chose qui remettait en question le fait que les Fosters étaient tout sauf une famille de l'année, le deuxième ne se précipitait pas ici dès qu'il appelait, et le troisième ne venait pas au bureau."

"Il est en marketing", j'ai haussé les épaules. "Il sait sûrement qu'éviter les paparazzi en ce moment est la ligne de conduite la plus sage."

Elle baissa les yeux sur nos mains, un sourire triste sur les lèvres. "Je mérite le chemin de la honte. Je dois expier le non-respect de la règle cardinale : j'ai agi de manière imparfaite."

Ma poitrine se serra. Je pensais que ne pas avoir de père était le pire sort. Mais une vie de lutte pour l'impossible a remporté le prix. Et je l'avais ramenée ici, auprès de cet homme.

"Je suis désolé d'avoir insisté", dis-je, capturant son regard et cherchant son pardon. "Revenons en ville."

Elle se pencha et m'embrassa sur la joue, ses mots murmurant contre ma peau. "Une demi-heure, puis nous pourrons rentrer."

Nous sommes entrés dans son complexe d'appartements et elle s'est tendue, s'attendant probablement à ce que les paparazzi soient également arrivés ici. Elle a expiré alors que le seul trafic était constitué d'habitants se dirigeant vers leurs véhicules avec des porte-documents et des sacs à dos accompagnés d'enfants aux yeux endormis.

J'ai dit à Mike d'aller manger un morceau et de revenir dans une demi-heure, puis j'ai suivi Melissa à l'intérieur de son appartement.

"C'est un peu le bordel", a-t-elle prévenu, "Mais faites comme chez vous."

Depuis le canapé marron en microfibre et les photos d'elle et de ses amis, même celle de Melissa et de son père, il était facile de se sentir détendu et chez soi. Je n'avais jamais remarqué à quel point ma maison manquait de chaleur jusqu'à ce moment. Sa maison ressemblait à quelqu'un qui y vivait réellement. J'ai adoré là-bas. La mienne était une séance photo méticuleusement organisée pour un magazine. Beau à regarder, mais solitaire.

Des coups furent frappés à la porte et Melissa eut l'air si choquée qu'une brise l'aurait assommée. Le choc s'est transformé en méfiance alors qu'elle se dirigeait vers la porte et s'arrêtait.

"Je suis là," dis-je fermement.

Elle hocha lentement la tête, se mordant la lèvre. Prenant une profonde inspiration, elle se précipita comme si elle voulait juste en finir. Elle eut à peine le temps de s'écarter avant qu'un homme ne fasse irruption dans la pièce. La première chose qui m'est venue à l'esprit en le voyant, c'était l'école primaire. J'étais maigre à ce moment-là. Une cible – jusqu'à ce que je commence à me défendre. Il n'avait même pas dit un mot et je savais qu'il utilisait sa musculature tout comme ces tyrans. Jeter tout son poids pour intimider.

Il avait l'air d'avoir sa place dans un ring au lieu d'un costume deux pièces mal ajusté. Ses cheveux poivre et sel étaient courts, probablement ceux d'un militaire. Ses traits du visage étaient durs et épais, les rides du lion altérant toute ressemblance avec Melissa. À l'exception des yeux – il n'y avait aucun doute qu'elle avait les yeux de son père. Son regard d'un bleu profond m'a dévoré et m'a craché.

J'ai dû retenir mon rire. Je n'avais pas rencontré les parents d'un proche depuis le lycée. Je n'étais pas nerveux à l'époque, et je l'étais encore moins maintenant.

Il m'a évalué alors que je rejoignais les côtés de Melissa. Les bonnes manières m'ont dicté de tendre la main, mais l'homme était clairement prêt à se battre. Je ne perdrais pas mon temps, ni le sien, à faire les mouvements.

Melissa fut la première à parler. "Bonjour papa."

Il la regarda comme si elle venait de le traiter de connard. Vu la façon dont il gonflait sa poitrine, crachant du feu, « connard » aurait été approprié.

"'Bonjour papa'?" il bouillonnait. "C'est tout ce que tu as à me dire ? Hier après-midi, les téléphones étaient occupés par des journalistes. Qui sait si nous avons perdu des clients potentiels ? Puis hier soir, je t'ai appelé et tu m'as raccroché au nez." Il secoua la tête avec dégoût. « J'ai décidé de faire mes propres recherches sur cette situation. Ce scandale... » Il me lança un regard dédaigneux. "-cet homme... ce n'est pas sage de s'impliquer dans tout ça."

Il se concentra sur sa fille. Il y avait encore dix bons pieds entre eux, mais Melissa tremblait comme si ses mains massives étaient sur ses épaules, essayant de lui redonner raison. "Qu'est-ce que je t'ai toujours dit ?"

Sa réponse restait en suspens et j'attendais qu'elle riposte. Mais la femme que j'avais rencontrée n'avait rien à voir avec celle qui se recroquevillait à côté de moi.

Comme s'il pouvait sentir sa peur, il a avancé, mais je me suis interposé entre eux. J'ai tremblé d'émotion, mais ce n'était pas de la peur. Je pouvais voir les cicatrices d'années de violence psychologique, de négligence et de souffrance partout dans Melissa. Je serais damné si je le laissais lui causer encore un peu de douleur.

"C'est assez loin," grognai-je.

"Ecoute, mon garçon," cracha-t-il. "Je m'en fiche si tu as plus d'argent que Dieu. C'est ma fille-"

Je me souviens, papa." La voix de Melissa aurait dû se perdre dans les échanges entre moi et son père, mais il y avait quelque chose de si douloureusement calme dans ses paroles que nous nous taisions tous les deux. Sa voix, son corps ne frémit pas. Elle regarda son père, se levant un peu plus grand. "L'apparence est tout. Rien d'autre ne compte, moi y compris."

"Maintenant, attends une minute," commença-t-il.

"Oh s'il te plait," renifla-t-elle. "Il n'y a plus rien à dire. La presse disparaîtra dès que le prochain scandale inévitable éclatera. Je travaillerai à distance pendant quelques jours, et une fois qu'ils se rendront compte qu'ils perdent leur temps, ils passeront à autre chose. Je m'excuse pour tout le désagrément que je vous ai causé." Sa voix était froide. Strictement commercial. Et même s'il parlait fort, je voyais que cela le frappait plus fort que n'importe quel coup.

Elle se dirigea vers la porte, l'ouvrit et s'écarta de son chemin. "Merci d'être passé."

Il ne s'est pas battu et a marché directement vers la porte. Il s'arrêta sur le tapis de bienvenue. "Nous en discuterons plus tard. Seul."

Elle ferma la porte sans ajouter un mot puis se dirigea vers la fenêtre. Elle jeta un coup d'œil entre les stores, attendant que sa voiture démarre et s'éloigne avant de me faire face.

Il n'y avait pas de colère. Pas de larmes. Pas d'émotion.

« Tu as encore besoin de savoir à quoi ressemble mon père ? » demanda-t-elle faiblement. Elle n'a pas attendu que je réponde. "Je suis prêt à partir, Logan."

CHAPITRE 8

Melissa

Je pensais que nous avions déjà atteint le sommet de la folie. Le premier cas de folie a été le moment où je lui ai dit que je l'aimais alors que nous nous connaissions à peine. Je n'avais dit ce mot qu'à deux autres personnes : mon père et Jason. Papa était une évidence. Nous avions nos différences, et même si son visage me donnait envie de rager à ce moment-là, je l'aimais toujours. Et Jason ? Cela a pris des années à se préparer. Tombant lentement jusqu'à ce que je n'aie plus d'autre choix que d'admettre qu'il m'avait.

La deuxième vague m'a frappé à peu près au moment où j'ai réalisé que sortir avec Logan Mason signifiait avoir un petit ami valant plus d'argent que ce que je pouvais imaginer et m'embrouiller avec Delilah James. Oh, et il allait être père. J'avais l'impression que toute personne rationnelle aurait au moins besoin d'un moment pour reprendre son souffle. Pas moi, j'ai plongé tête première.

Mais ces deux choses ressemblaient à des fourmilières pour la montagne qui surgissait au milieu du salon de Logan. De minuscules bosses sur la route, et voici le cratère qui m'engloutit tout entier.

J'avais fait une blague stupide en disant que je souhaitais que mon père disparaisse. Je savais que c'était grossier, et je ne le pensais pas bien sûr, mais le dire à voix haute semblait être une forme de thérapie – jusqu'à ce que Logan me lance le regard le plus effrayant que j'aie jamais vu. Il avait prononcé des mots qui m'avaient tranché jusqu'aux os.

Moi aussi. Cela semblait être une réaction appropriée, la fin parfaite pour l'homme qui a violé ma mère.

Je n'avais pas besoin d'un stylo pour relier les points. C'était le courant sous-jacent à ses paroles. La douleur dans ses yeux.

Logan est le produit d'un viol.

J'ai entendu un bourdonnement dans mon oreille, une crispation douloureuse dans ma poitrine. "Oh mon Dieu, Logan ! Et je faisais juste des blagues à ce sujet, je me moquais de ça-"

"Bébé, tu ne le savais pas. Maintenant tu le sais."

Ses paroles étaient indifférentes et j'ai fait un pas en avant. Mes premières pensées furent de passer mes bras autour de lui. Je voulais lui enlever sa douleur, mais je doutais que mon étreinte puisse même atténuer l'agonie. Et son langage corporel, ses épaules inclinées vers moi, ses yeux fixés sur la fenêtre, m'ont dit qu'il n'avait pas vraiment envie de le serrer dans ses bras.

De toute façon, cela aurait été condescendant. Un pansement fragile sur une blessure jaillissante et sanglante. Je restais là, cherchant dans mon esprit les mots justes pour exprimer à quel point j'étais désolé. Mais je me sentais inutile, mes pensées étaient un désordre confus de bonnes intentions et de terreur.

"Je ne sais pas quoi dire." Je pouvais en sentir le poids dans l'air, dans les lignes tendues de son corps. Dans le silence.

"Moi non plus," répondit-il. "Ma mère me l'a dit quand j'avais six ans."

"Six ans ? Qu'est-ce qui ne va pas chez elle ?" J'ai eu le souffle coupé quand j'ai réalisé que je me surpassais dans le département de la fièvre aphteuse cet après-midi. Je n'avais aucune idée de ce qu'elle avait vécu, des raisons pour lesquelles elle racontait cette horrible histoire à son fils.

Je n'aurais pas été surpris si Logan m'avait dit de foutre le camp. J'avais dit des conneries sur mon père pendant tout le trajet jusqu'à San Francisco, sur le fait qu'il ne m'avait pas vu, que je ne le connaissais pas et qu'il ne me connaissait pas. Logan ne connaissait pas non plus son père, sauf qu'il avait fait quelque chose d'horrible à sa mère.

"Il n'y a pas de bonne façon de réagir à la bombe que je viens de larguer." Il m'a fait signe de le rejoindre sur le canapé. Même si je pouvais voir la douleur toujours brûlante dans ses yeux, il semblait qu'il y avait des démons cachés sous la surface. J'hésitais encore avant de le suivre, mortifiée d'avoir pris la mort à la légère, la douleur. Face à ce qu'il a dû endurer, mes problèmes avec mon père semblaient inutiles.

Il s'appuya contre le coussin et un éclair de culpabilité me traversa lorsque des pensées coquines me traversèrent la tête. Au bon moment ou non, l'homme a rendu les choses les plus banales, même assises, sexy. Nos regards se croisèrent et le sourire revint sur ses lèvres, s'élargissant et chassant l'obscurité qui coupait sa mâchoire anguleuse.

« Est-ce une compétence professionnellement perfectionnée, ou êtes-vous simplement doué pour me lire comme un livre ? Dis-je en essayant de calmer la chaleur dans mes joues.

"C'est l'une de mes nombreuses compétences", fit-il un clin d'œil. L'enjouement de sa voix ne s'attarda pas. "Avec toi, j'ai les pièces du puzzle, je sais comment tout s'emboîte. Les pièces s'emboîtent, mais l'image change toujours. Je continue de découvrir de nouvelles choses sur toi. Je tombe plus fort amoureuse de toi. Et je te veux pour me comprendre. Je ne veux pas de secrets entre nous. Les secrets, c'est comme transporter du poison. Bien sûr, il est plus facile de garder les choses pour soi, de les cacher, mais finalement, cela se répercutera sur tout.

Je savais que ses paroles étaient vraies. Je me mordais la langue si souvent que j'étais surpris de pouvoir goûter autre chose que du sang.

Même si j'ai mis mon père à la porte, j'ai réussi à ne pas lui dire à quel point il m'avait blessé au fil des années. Et tout l'amour du monde n'a pas pu effacer le secret que j'avais caché à Jason : j'avais peur qu'il ne m'aime jamais autant que je l'aimais. Au final, cela n'a pas eu d'importance, mais peut-être que si je ne l'avais pas porté comme une pierre dans mes tripes, les choses auraient été différentes.

On pourrait penser que mon père a agressé ma mère et que sa décision de garder le produit était le secret le plus horrible qu'elle ait dû trimballer." Logan déplaça son regard vers le mien. "Mais cela n'était pas comparable à celui qui m'a fait entrer dans le système. Elle a essayé de se suicider parce qu'elle ne supportait pas de me regarder."

J'ai haleté, me couvrant la bouche avec horreur. "Oh, Logan, je-" Les mots manquèrent. Je ne pouvais même pas imaginer ce que le fait de se promener avec ça avait dû lui faire quand il était enfant. Il a parlé de ne pas avoir eu grand-chose lorsqu'il était enfant, d'avoir été ballotté dans le système et d'être harcelé par ses camarades de classe. C'était trop à supporter pour lui. Trop de choses à supporter pour quiconque.

Les larmes n'arrêtaient pas de couler. Je ne savais pas quoi dire, comment améliorer les choses. Alors mon cœur s'est brisé pour lui. Et c'est lui qui me tenait pendant que je sanglotais, me caressant les cheveux, murmurant que tout irait bien.

Une fois que j'ai pu inspirer sans que tout mon corps tremble, il a pris mon visage dans ses mains. Son regard parcourut chaque centimètre puis il embrassa mes lèvres. Je l'ai chevauché, nos corps s'emboîtant sans effort.

"Je pensais que je me rendais service en gardant les gens à l'écart, parce que l'alternative était une douleur déchirante. Mais je ne pouvais pas rester loin de toi. Je ne pouvais pas te garder à distance. Mon passé m'a aidé à devenir le l'homme que je suis. Je ne peux pas promettre que nous n'aurons pas de mauvais jours ; que nous n'aurons pas de jours où nous voudrons simplement choisir la voie la plus facile. Je ne peux pas promettre que ce sera facile. Mais je peux. Je te promets que je ne te laisserai jamais oublier que tu es la meilleure chose qui me soit jamais arrivée.

Nous nous sommes embrassés comme si je n'avais pratiquement pas de morve qui sortait de mon nez ; comme si mes yeux n'étaient pas injectés de sang, comme si je n'étais pas en désordre. Nous nous sommes embrassés comme si l'amour était la raison de l'existence. Nous nous sommes embrassés comme si nous rattrapions chaque baiser gaspillé par tous ceux qui nous ont précédés. Nous nous sommes embrassés comme si nous l'avions fait pour toujours, et l'éternité a commencé maintenant.

Nous n'avons presque pas entendu le bourdonnement venant du hall, mais le bourdonnement combiné au téléphone de Logan qui sonnait ne manquait pas, envoyant des vibrations dans mes cuisses.

Il m'a donné un dernier baiser et l'a sorti de sa poche. Je restai sur ses genoux, répandant des baisers de haut en bas dans son cou alors qu'il poussait un gémissement qui était à la fois une approbation et une contrariété envers celui qui était à l'autre bout du fil. "C'est Logan." Sa main me caressait le dos, mais il s'arrêta, un froncement de sourcils sur les lèvres. "Si elle n'est pas sur la liste, pourquoi m'appelles-tu ? Tu es le chef de la sécurité, gère-" Logan m'oublia presque complètement, se levant d'un bond avant de présenter des excuses. Je suis descendu et il s'est levé, sa voix s'élevant avec lui. "Elle a dit qu'elle travaillait pour Delilah ?" Ses yeux se plissèrent d'un air suspicieux. "Comment s'appelle-t-elle ? Que veut-elle ?" Ce que l'homme disait ne faisait que le mettre encore plus en colère, alors il secoua simplement la tête. grogner dans le téléphone. "Envoyez-la simplement."

Il arracha le téléphone et le laissa tomber sur le canapé alors qu'il redressait sa chemise et écartait ses cheveux de ses yeux. Il m'a regardé, en tirant presque un rapide quand il m'a dit que ce n'était pas grave.

"Qu'est-ce qui ne va pas?" Ai-je demandé, la peur me brûlant la gorge. "Qui est-ce?"

"L'assistant de Delilah, Mackenzie." Ses narines se dilatèrent. "Elle a dit que c'était à propos du bébé."

Je lui saisis la main, la serrant pour me soutenir. "Je suis ici."

L'ascenseur signala son arrivée et les portes s'ouvrirent. La jeune fille qui se tenait devant nous semblait trop jeune pour aider qui que ce soit. Elle avait un visage de chérubin qui n'était amplifié que par son maquillage exagéré, ses cheveux noir de jais, son haut dos nu, son pantalon en cuir et ses talons très hauts. Quand elle a vu Logan, elle avait l'air d'être sur le point de vomir. Ou courez vous mettre à couvert.

"C'est bon", lui ai-je crié.

Ses yeux de Bambi se sont tournés vers moi, puis vers Logan. Elle fit un pas en avant avec inquiétude, hésitant à redescendre ou à poursuivre ce qui l'avait amenée devant la porte de Logan.

Sa voix était aiguë et tremblait de sa nervosité visible. "Personne d'autre ne sait que je suis ici. Et si elle savait que j'étais là, elle..." Mackenzie fit un mouvement tranchant dans sa gorge.

"Ecoute", avança Logan, son niveau de tolérance officiellement atteint. "Tu vas pour me le dire ou..."

"Bébé", dis-je doucement, essayant de le calmer avant que la pauvre fille ne s'évanouisse.

Il m'a regardé, inspira avant de lui faire face. Son attitude a changé, sa voix devenant plus accommodante. " Vous êtes en sécurité ici. Mackenzie, n'est-ce pas ?"

Elle hocha la tête, sa lèvre inférieure tremblante.

"D'accord," ajouta-t-il un sourire pour faire bonne mesure. "Dis-moi juste ce que tu penses."

Elle m'a regardé et je lui ai fait un signe de tête.

Ses épaules se sont affaissées. "Tu vas être énervé. Je lui ai dit que rien de bon n'en sortirait, mais elle t'aime tellement." Elle leva les yeux pour rencontrer les siens et mit le feu à tout. "Le bébé n'est pas à toi, Logan."

****

Don't miss out!

Visit the website below and you can sign up to receive emails whenever Dave Kerlson publishes a new book. There's no charge and no obligation.

https://books2read.com/r/B-A-NSFNB-CFHMD

BOOKS 2 READ

Connecting independent readers to independent writers.

Did you love *Attendre pour toujours*? Then you should read
Compagnon oublie[1] by Dave Kerlson!

Compagnon Oublié : Un voyage captivant dans le monde des
métamorphes et des souvenirs perdus

Dans « Compagnon Oublié », Zenia, une jeune femme
métamorphe, mène une vie tranquille en tant qu'assistante
administrative de l'Alpha Jericho Savidge. Mais sa routine
quotidienne est bouleversée lorsqu'elle rencontre Greyden James, un
homme qui a presque détruit sa vie.

---

1. https://books2read.com/u/38vWXZ

2. https://books2read.com/u/38vWXZ

Alors qu'elle tente de fuir ses souvenirs douloureux, Zenia découvre que Greyden est à la recherche de sa compagne, dont l'odeur lui est familière.

Also by Dave Kerlson

Compagnon oublie

Protégé

Te Laisser partie

Chaleur Interdite

Le chaton du viking

Ombres et désir

Le Joker De la Riene

Ne Touchez pas

3 Patrons Robustes et une fille Désemparée

À Court de Loyer

Tentation Dépravée

Beau Cœur

Le Diable

Attendre pour toujours

Au lit Avec l'ennemi